采风集

陈小平 著

中国广播影视出版社

图书在版编目（CIP）数据

采风集 / 陈小平著 . -- 北京：中国广播影视出版社，2022.1（2025.2重印）

ISBN 978-7-5043-8725-7

Ⅰ.①采… Ⅱ.①陈… Ⅲ.①诗集－中国－当代 Ⅳ.①I227

中国版本图书馆 CIP 数据核字(2021)第 252928 号

采 风 集

陈小平 著

责任编辑：李潇潇
封面设计：王兆杰
封面题字：李桂伍

出版发行 中国广播影视出版社
电　　话： 010-86093580　010-86093583
社　　址： 北京市西城区真武庙二条 9 号
邮　　编： 100045
网　　址： www．crtp．com．cn
电子信箱： crtp8@sina.com

经　　销： 全国各地新华书店
印　　刷： 三河市同力彩印有限公司

开　　本： 880 毫米 × 1230 毫米　1/32
字　　数： 200（千）字
印　　张： 12.5
版　　次： 2022 年 1 月第 1 版　2025 年 2 月第 2 次印刷

书　　号： ISBN 978 - 7 - 5043 - 8725 - 7
定　　价： 69.80 元

　　陈小平，女，中共党员，山东临朐县人，自幼酷爱文学，虽阴差阳错在化工界沉浸 30 余年，但未改初心。阅读积累、写作练笔是她工作之余的唯一爱好，其诗作常见于各报端和公众号。

　　她主持研发二氧化氯消毒剂新产品 30 多种、发明专利 32 项，担任中国卫生监督协会消毒技术与应用专家委员会常务委员、中国食品药品企业质量安全促进会专业委员会委员、中国渔业协会智慧协会理事、中国无机盐天津院二氧化氯行业协会理事会会员、全国卫生产业企业管理协会消毒产业分会委员、山东省公共卫生与消毒感控学会常务理事、FDSA 消毒专业委员会理事。多次参加二氧化氯消毒剂和单过硫酸氢钾消毒剂国家标准修订。

　　2021 年被评为临朐县最美科技工作者，现任山东华实药业有限公司总经理。

序　一

　　早春三月，桃红柳绿，万木峥嵘，又一个暖阳普照的祥和季节。此时，我收到了朋友陈小平的诗稿《采风集》，这是她即将付梓的第一部诗集。诗集按主题分为：游走纪行、沧海一粟、四季欢歌、廿四节气、火树银花、匠心智造、抗疫之战、春雨甘露、绿海深波九部分。打开诗稿，一股清新的田园气息和壮美的山川雄姿扑面而来：远足游历的感受、雨后彩虹的遐思、五岳四海的惊叹、艰苦创业的酸甜等，在她广袤的精神原野和细腻的情感世界里得以升华，透露着对祖国山川、乡土生活的热爱，描绘出百折不挠、勇于拼搏的精神。

　　她的诗歌是个人生命力的体现。陈小平出生于 20 世纪 60 年代，年少时，她和同龄人一起经历了那个动荡的年代，知识底子较薄。可几十年来，她依然保持着积极的心态，通过自己的努力进工厂，考大学，直至经商，把企业做大做强。

生活的经历让她感悟良多。因此，她喜欢用简洁的文字来表达深深的思绪。

冰冻地无言

落叶知冬寒

路遥有险阻

苦战能胜天

苍穹海阔皆茫茫

皓月千里梦悠悠

登高一呼天地长

明日再聚不复愁

优秀诗歌具有一个共同的特点，就是有"根"。这个"根"来源于生活，来源于对生活的提炼。悠久的历史文明、厚重的地域文化、故乡的山水田园，是她诗歌创作的源泉。陈小平的作品是有"根"的，这个"根"就是她作品里带有的一种化解不开的、浓浓的乡情和亲情，这个"根"扎在她生活的这片土壤里。

访游名山寻佳味

意欲遍尝八大系

伫立回首细思量

还是家肴沁心脾

三面环山一面川

山青水秀风光险

淌水崖上红旗展

嵩山金湖落九天

丘陵山巅风发电

薰衣草满宋香园

淹子岭上房车地

西山天路隐云间

一首诗就是一杯浓缩的茶，给人以熏陶、感染和启迪，给人以清新的空气、独特的味道和向上的感染力。而陈小平的诗恰恰如此，细细品味诗人的每一首诗，亦能得到人生启迪和唯美的享受。诗人对人与人之间的真挚情意的赞美，作品中流露出的那份快乐、和谐的情绪深深感染了我。

归燕廊檐下

春隐小溪间

常怀感恩心

处处桃花源

秋柿挂满枝

染红山洼里

悠然得意人

垂钓崖下池

在她的笔下，将自己的审美观点、乐观思想和自然景物有机结合，情感的流露不再是简单、浅显的，而是充满了激情和呐喊。

地球载我绕日转

瞬时已过四百圈

华夏古历三千年

宜时改用公纪元

改革开放是机缘

融合世界必争先

一带一路谋略远

他年古历又回还

雄伟长城长又长

常思长城难掩情

敌楼石墙烽火台

山海嘉峪相呼应

蜿蜒千里卧千年

扎根山峦蕴气精

一朝梦醒云中腾

浩瀚星海任我行

在"匠心智造""深海绿波""抗疫之战"篇章中，诗人用平缓的笔调描绘着宏大的事件，用寻常的文字堆砌着曲折的旅程，用轻快的语言讲述着成长的故事。她把自己奋斗的经历浓缩在几首诗中，说明她驾驭文字游刃有余，写作情感老练内敛。她用冷静表达情与理，用热烈张扬爱与善，至真至纯，尽善尽美。

是为序。

中国食药促进会（FDSA）消毒专委会秘书长

二零二一年三月十九日

序　二

　　我是一个不善于读诗的人，可能因它枯燥干涩的文字，生拗难懂的字义和毫无故事情节的结构。在我宽大的书橱里，诗集总是摆在最不显眼的角落，上面落满了灰尘。

　　世事总有例外。当我翻开这本诗稿，篇首的《石门坊》就吸引了我，它通俗易懂，字句也不俗气，读完后，一幅秋后石门坊的实景仿佛就立在我的面前。

　　随着稿页的翻动，如同按下摄像机里的播放键，一帧帧画面展现开来：自然界的崇山峻岭、江海湖泊、花草树木、风霜雪雨；生活中的坎坷不平、追名逐利、喜怒哀乐；创业时的酸甜苦辣、艰辛快乐，就这样在她的笔下恣意流淌开来。从那一行行倾注了作者心血和情感的诗句中，我分明看到了她对生活的热爱和珍惜，对生命的思考和感悟。

　　这是她的第一本诗集，虽构思不够巧妙、结构略显单薄、文字稍觉粗劣，但字里行间流露出的诚心与爱心，篇章诗句中跳动的灵感与旋律，还有那创作的激情与执着，令人耳目一新，感慨无限，让这三月的春天更加温暖且富有生气。

　　子在川上曰："逝者如斯夫，不舍昼夜。"人不论年龄大小，都不要虚度光阴；人不论贫穷富有，都不能没有精神。愿以此诗句与大家共勉。

山东华实药业有限公司董事长

二零二一年三月十九日

目　录
CONTENTS

游走纪行

山岳、江海、大地……尽展粗犷之美，轻雾、白云、小溪……尽舒阴柔之姿，古迹、化石、博物馆……尽述历史之厚重。它们给予我们的不仅是美的享受，还有责任担当和深远思考。

全 家 福

寒来暑往六十载，

风摧容颜思绪开。

尤喜大儿蹒跚步，

更惊小女模样乖。

今有稚孙膝下歪，

对对吟诗惹人爱。

人生快事复何求，

天伦之乐最出彩。

山东知名品牌

山东省品牌建设促进会
二〇二一年十二月

石门坊①

对峙石门撒秋霜，

唤醒红叶卧青山。

红肥绿瘦黄栌丛，

落日余晖晚照残。

坐佛神仙两相悦，

只因石龛清水泉。

层林尽染岁又年，

今夕美景任你观。

---

① 石门坊，位于临朐城西十公里许，山势蜿蜒南向，两峰对峙如门，故名。

石门红叶①

石门红叶赛香山，
九月初九现奇观。
青黛绿海已遁去，
只留红幔铺山间。

---

① 石门坊黄栌遍布群峰峡谷，每值深秋，霜打红叶，漫红嵌黛，瑰丽如画。

老龙湾①

绿竹一片依南坡，

清泉一洼屯山间。

慈寿塔下波粼粼，

江南亭里意绵绵。

---

① 老龙湾，原名熏冶水，有"北国之江南"之称。位于临朐城南 12 公里，系地下泉水涌出地表汇集而成。老龙湾水四季恒温（17℃—18℃）。

临朐美景

三面环山一面川，

山青水秀风光险。

淌水崖上红旗展，

嵩山金湖落九天。

丘陵山巅风发电，

薰衣草满宋香园。

淹子岭上房车地，

西山天路隐云间。

山东华实药业有限公司

潍坊市工业设计中心

潍坊市工业和信息化局

二〇二一年十二月

云 门 山

云窟洞开云升天，

云门仙境不虚传。

绿地古松山叠峦，

石佛摩刻大石罅。

老母玉帝众名观，

醒世恒言录一篇。

寿比南山映日月，

千凿百斧遂心愿。

黄花溪

青州西南黄花溪，

鲁山余脉有灵气。

陡岩峭壁神鬼斧，

清泉水潺鱼虾戏。

静时流光掩倒映，

动则飞流旋湍急。

初秋黄幔舒展娟，

古松盘根苍虬枝。

九寨沟

（一）

翠绿一片间一蓝，
溪水瀑布流山间。
秋野泼黛浑成片，
偶尔得见一神仙。

九 寨 沟

（二）

半片翠绿半片蓝，
半山半水镜中含。
醉秋醉人醉山峦，
一轮皓月挂人间。

黄　山

怪石云海迎客松，

苏武牧羊上天都。

白云深处难觅山，

只见浮云托天宫。

林幽玉屏始信峰，

自引松下月儿朦。

雾淞三瀑映彩虹，

薄纱红霞落晨中。

玉 皇 阁

佛坐顶峰云雾间，
笑看信徒三千三。
绿野深处辨路难，
一步一叩到佛前。

迎 客 松

你在石崖盼，
我自远方来。
想念几千年，
今日终相见。

成都之行

（一）

千言万语心里装，
今朝要飞蓝天上。
白云层叠似海洋，
依依乡情思念长。

成都之行

（二）

祥云送我进酒店，

已离故乡千里远。

物是人非异乡地，

青城山下都江堰。

杜甫草堂

今日重游杜甫园，

昔日景色皆依然。

三十九年弹指过，

吾却已过花甲年。

山东华实药业有限公司

潍坊市专精特新中小企业

潍坊市工业和信息化局

二〇二一年五月

黄 龙

一路飞雪流瀑布，
赤橙黄绿缀天路。
飞流直下三千尺，
无限风光五彩湖。

西　沙

南国风光岛成群，

富饶西沙登游轮。

天蓝地绿海水美，

百鸟齐飞入白云。

鸭公岛屿永兴岛，

银屿岛边银沙滚。

海天相连气势伟，

恰似少女待深闺。

长城有感

雄伟长城长又长，
常思长城难掩情。
敌楼石墙烽火台，
山海嘉峪相呼应。
蜿蜒千里卧千年，
扎根山峦蕴气精。
一朝梦醒云中腾，
浩瀚星海任我行。

颐 和 园

能工巧匠建名园，

皇家园林美名传。

玉带石桥映湖面，

南湖岛丛竹成片。

须弥灵境万寿山，

千峰彩翠玻璃塔。

劫后重生清漪园，

历史悲剧不重演。

大 明 湖

泉城明珠别样美，

三面环水三季花。

荷花争艳蜻蜓飞，

鸟叫虫鸣绿柳垂。

游船画舫首追尾，

历下亭边湖心岛。

铁公寺内松竹梅，

水域园林非人为。

太　湖

浩瀚太湖连洞庭，

雨雾缭绕自悠然。

碧水粼粼波光艳，

渔船摇摇网兜天。

袅袅微风云飘远，

婷婷桂树笑面前。

水天一色朦胧景，

犹盼腊梅雪花染。

西　湖

西湖碧波水妩媚，
春意盎然柳枝垂。
荷花摇曳紧相挨，
芙蓉出水鱼作陪。
三潭印月湖心岛，
断桥残雪苏堤美。
雷峰塔下思绪远，
千年神话潸然泪。

游雷峰塔有感

雷峰塔顶寻一圈，
山水相恋舒云卷。
欲问白蛇今何在，
青山依旧换人间。

西湖遐想

漫步徘徊西湖边，
众星拱月属四山。
何日断桥飘落雪，
自添美景一奇观。

朝观西湖

朝霞红光洒湖面，
映日轻舟荡水涟。
谁惊鸟儿乱展翅，
白娘挽裙回仙山。

西　安

（一）

初春微风撒西安，

登高望远楼万千。

丝绸之路自此始，

一带一路四海连。

芳草绿荫满秦关，

清水碧树遍雁山。

夜宿旅舍思秦俑，

却念当年烧火官。

西　安

（二）

世界古都数西安，

十三朝代传千年。

嬴政布阵建帝制，

兵马列队经火炼。

钟鼓楼里听涛声，

大雁塔下观玉盘。

清花池中捉放蒋，

亦盼宝岛早回还。

玉龙雪山

玉龙雪峰覆白缎，

山神仙女睡安然。

沧海桑田几回合，

白驹过隙弹指间。

离天三尺雾蒙蒙，

层林叠嶂一片片。

气候多变少人迹，

自有勇者来探险。

华　山

西岳华山第一险，
奇峰耸立石作莲。
索道悬挂两山间，
崖壁题刻草隶篆。
长长栈道试胆量，
缓缓清溪洗绿原。
缘何气势久不衰，
一字独立守天关。

五 指 山

五指山峰千重秋，

琼崖龙江旧址留。

江山多娇血浸染，

国富民强凯歌奏。

阳光沙滩

沙滩长平浪柔软，
夕阳斜照礁石坚。
椰树弯腰戏大海，
茅亭自立无人伴。

海 南 岛

北地腊月极寒天，

琼州却如夏日炎。

一切岂是缘注定，

他日南北半球换。

海南沙滩

碧波绿浪船远航，

深海高楼相眺望。

礁岩沙滩难分离，

身处南国更思乡。

万泉河

林水相迭绿椰青，
玉带滩头留美景。
石虎摩崖弹乐曲，
水缓椰香伴帆影。

天涯海角

牛郎织女会七夕，
天涯海角相偎依。
你我自有深情在，
何须月老红绳系。

游庐山

庐山兀立天地间，

游人如织南清园。

群峰高耸仙女岭，

香炉顶峰缭绕烟。

三叠泉下听琴弦，

五老举目望凡间。

今日得识庐山面，

方知苏轼才思远。

凤 凰 岛

（一）

扬沙吹填凤凰岛，

礁石耸立鳞次高。

碧波轻拂邮轮港，

海鸥不识旧时巢。

凤 凰 岛

（二）

凤凰岛立礁石上，

日浸月泡迎海浪。

朝看红霞映希望，

暮观波浪凯歌扬。

南海观音

轻雾薄纱隐观音，
碧波长浪托三身。
净瓶柳枝乾坤大，
佛光普照因慧根。

观 沙 湖

贺兰山下沙湖观，

依山傍水游人恋。

草亭蘑菇形似伞，

蓝天白云薰衣园。

游船画舫燕舞展，

碧波荡漾碎光影。

月亮弯桥卧湖面，

芳草碧水赛江南。

戈壁滩

贺兰山下戈壁滩，

水天相连白云卷。

飞鹰展翅掠湖面，

弹丸岛上雁飞旋。

等 机

候机厅里旅客多，
熙熙攘攘提包裹。
上上下下如穿梭，
瞬时千里返居所。

登　峰

苍穹海阔皆茫茫，

皓月千里梦悠悠。

登高一呼天地长，

明日再聚不复愁。

粟　山 ①

云雾缥缈罩粟山，

石青水秀层林染。

松柏绕山鸟低吟，

如来佛庙驻神仙。

弥水起伏绕三圈，

碧波涟漪起微澜。

山间石梯通天洞，

白鹤展翅飞翔远。

---

① 粟山，又名稷山，位于临朐城北 1.5 公里处。"粟山孤耸落平川"为临朐
　古八景之一。

红叶小镇

乡村振兴写奇篇，
红叶小镇落西山。
小桥流水步谷间，
花海古松游人恋。
顺河东行樱花林，
沿溪西上雕塑园。
更有御笔第一福，
石刻寿字保平安。

沂山瀑布 ①

汇集水流长万千，

始得瀑布高百仞。

溪水弹曲飞山间，

石壁突兀斧劈山。

激流途经法云寺，

蜿蜒三叠形如伞。

一朝飞泻轰天鸣，

定是银河落人间！

① 沂山瀑布为江北最大的瀑布之一，落差达 80 余米，四季长流不断，声如
松涛，似白练垂天。"百丈瀑布六月寒"为临朐古八景之一。

琴 口 村①

一汪绿水屯村头，

十里长涧通幽州。

山泉鹤鸣声若琴，

围子石寨静无口。

明代古柏虬枝奇，

今日果木品质优。

虽居深山有名望，

群英精神永不丢。

---

① 琴口村是临朐县冶源镇一个古老的山村。建于二十世纪七十年代末期的群
英池（蓄水灌溉）是她的第一张名片。

黑松林①

黑松覆盖几多岭，

白云自成千层幔。

山峰连绵凝绿黛，

云海翻腾碧嶂散。

巨石多姿卧立奇，

水流成曲高急缓。

藤葛缠绕洪荒林，

松柏分立静芷园。

① 位于临朐城南 50 公里处的九山镇域内。万余亩的松林在层峦叠嶂中起伏，
天然氧吧是她独享的称谓。

临朐山水

骈邑始名自西周，汉置县郡由来久。

千年沧桑沉岁月，百个甲子载德厚。

名胜古迹星罗布，遗址化石世少有。

朱封揭开龙山纪，辛山详写石器周。

朱虚城头遗迹存，巨洋清水至今流。

穆陵险关独兀立，盘阳西安两相守。

城阳刘氏自立王，昌国高齐名尚留。

隋时临朐方定名，悠然已过几度秋。

子牙无钩钓鱼台，田氏有意起长城。

清奇楼对碧水潭，富春山峙诸峰秀。

芙蓉馆里谁诵读，万松园中竹简厚。

常胜将军退山贼，崔府才子玉提斗。

悬泉匾额翼然字，紫薇观内道德经。

朐山卧虎隐长尾，委粟神寺露嶙峋。

景公祷雨灵山助，墨斗屈尊化瓜篓。

宝瓶山栖九凤山，鸡叫界藏金轿绣。

明月峰对双笔峰，天马峰约天鹿叟。

凤凰两翼陡然展，月明崖畔璞玉留。

山脊宛转九秀山，岭落葫芦黑山头。

书堂崮中秉烛读，龙王崮顶观龙颜。

团崮顶上眺泰岳，老崖崮下辨丝砚。

青龙白虎相对峙，黄石黑婆素手牵。

八士山下聚义兵，三县顶上断奇案。

蜘蛛山有丝巢洞，金牛岭无连云栈。

白龙洞溢黄龙水，甘露泉通马跑泉。

临朐志载崮岭山，一一五座各峻险。

仙洞道洞廿六数，五十四池潭水泉。

山水临朐实敢当，灵气所钟不为惭。

沂 山 [1]

大海东来第一山，

十六皇帝来封禅。

五镇之首悄然立，

石狮歪头意相连。

百丈瀑布劈沟涧，

雾凇如梦意缠绵。

旭日轻浮彩绸上，

法云钟声峰外传。

---

[1] 沂山，古称海岱、海岳，为中国东海向内陆的第一座高山，素享"泰山为五岳之尊，沂山为五镇之首"的盛名。位于临朐县城东南 45 公里处。

不 夜 城

灯火阑珊不夜城，

小桥流水波浪涌。

霓虹灯蒙摇滚乐，

步舞登云仰彩虹。

熠熠明珠金光灿，

满耳笙歌华清宫。

大唐盛世千古颂，

除夕礼花飞九重。

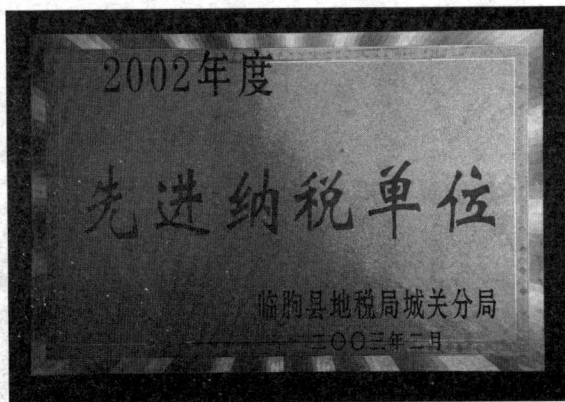

太　湖

湖水微浪银波闪，

鼋渚绿荫入眼帘。

鹿顶余晖斜对影，

三山道院飞双燕。

游 无 锡

云雾轻幔锡惠山，

水动树止第二泉。

谁人不识太湖美，

百年蠡园西施传。

宋香园

薰衣草掩云山间，
倩影古松自成伴。
沾得露珠归来迟，
犹有蜂鸣聒耳边。

八 岐 山 [①]

九叠屏风八岐山，

灵秀俊奇青黛染。

太平崮顶生祥云，

风暴岭下润清泉。

明光峰上剑光闪，

笔架山里书万卷。

东向挥鞭将军至，

沂蒙精神壮花园 [②]。

---

① 八岐山，位于临朐城西 20 公里，五井镇域内，由八座陡峭的山峰连接而
  成，故名八岐山。
② 花园，为临朐县五井镇花园河村。

凤 凰 台

青州古村凤凰台，
虽隐深谷有异彩。
春观杏桃连翘花，
夏看瀑布落石阶。
秋赏枫林柿子海，
冬睹冰凌挂悬崖。
山洞相连旧院宅，
隋唐遗风盛世开。

刘 公 岛

东隅屏藩不沉舰，

甲午战争硝烟散。

北洋水师古炮台，

刘公庙前缭绕烟。

明珠丽岛碧水蓝，

波涛汹涌起狂澜。

峰峦叠起崖陡峭，

水陆相连美名传。

游昆仑山

胶东昆仑叠翠峦，

崂山余脉多清泉。

瀑布古松全真教，

洞天福地修神仙。

动植千种博物馆，

革命老区是摇篮，

更有水杉活化石，

千姿奇景难赏全。

蓬莱有感

八仙过海神话传，

海市蜃楼更奇观。

民族英雄戚继光，

抗击倭寇保国安。

蓬莱阁楼三仙山，

常有帝王寻访仙。

清幽雅致古韵长，

依山傍海碧水蓝。

苏州留园

寒碧山庄四名园，

建筑灵巧智慧全。

水景见长精华在，

冠云楼亭三峰炫。

假山奇石又一观，

池南涵碧小桃源。

不胜枚举秀景美，

特色园林醉诗坛。

嵩　山 ①

骈邑西南山蜿蜒，

嵩山高峰插云天。

西峪温泉寒冬暖，

壑深谷幽碧水蓝。

知青栽下水杉林，

龙泉寺庙谁成仙。

水库电站飞清波，

宜居山村美名传。

---

① 嵩山主峰九龙顶为花岗岩与石灰岩混合结构，
　具有丰富的金矿、银矿。位于临朐县城西南
　25公里处。

官护山

官护山峰走一圈，
自然清幽人人赞。
红柿摇曳挂满树，
格桑花艳香味甜。
柿子沟里绿如海，
山花黄栌缀群山。
青松翠绿溪水清，
游人留影在山泉。

朐山公园 ①

清风柳绿荷飘香，

池塘戏水游鸳鸯。

鸟鸣鱼跳燕飞舞，

骈邑九州换新装。

---

① 朐山，又名覆釜山，位于临朐县城弥河东岸。相传在北山脚下，有"弥水
　澄清通地底"之景观，为临朐古八景之一。

崂　山

登上崂山心地宽，
海天相偎又相恋。
石大石奇福如海，
太清宫里有神仙。
明月松涛流清泉，
云似瀑布群峰漫。
正因牡丹花仙在，
方有今日俏崂山。

草 原

草原多草无鸣蝉，

敖包隐立众花间。

绿草如茵牛羊肥，

马蹄踏得关山远。

轻云薄雾格桑艳，

细雨微风散哀怨。

极目青天雁成行，

带走奶香寄花笺。

海

绿波悠悠拍岸边，

鸿雁翩翩游蓝天。

百只货轮早启锚，

深耕浪涛惊龙殿。

千米深处无光线，

万顷海面有金链。

伫立其中奢求消，

心静如水天地宽。

游　春

湖光山色蜂蝶忙，
松涛碧水相荡漾。
百卉含笑又一春，
万物复苏惹人赏。

沧海一粟

一景一物，远看时朦朦一片，有整体感，给了你外观印象；近看时层次分明，你觉得了解了它；细观时，经络分明，你认为它有了内涵。

远　眺

推窗眺望朐山，
翠绿松树一片，
桥上车流连连，
桥下水流潺潺。

清 晨

红日喷薄大地照，
婀娜杨柳白云飘。
喜鹊枝头浅吟唱，
捎去话儿到耳梢。

晨　练

晨雾隙间看远山，
蜿蜒弥河在脚边。
水中倒影杨柳岸，
秋风徐拂落叶乱。
游人慢步享悠闲，
小儿嘻闹打秋千。
健步瑜伽舒团扇，
老人舞步最惊艳。

早　秋

秋日秋风秋景展，
蝉鸣蝉叫蝉安然。
暑去秋来凉意至，
秋雨淅沥阴连绵。
瓦檐青苔渐枯萎，
楼前石榴露红脸。
岭上香谷随风摇，
沟底瓜果长愈酣。

晚　秋

晚秋晨霜柿子羞，

草枯叶落游蛇走。

大雁啼叫难觅食，

南方家肴早等候。

暮 秋

夕阳遁西山，
独留霞满天。
余晖照日暮，
秋露访叶残。

秀　霸

鲜红国旗楼顶飘，

秀霸华实侧旗骄。

俯瞰公司好景象，

国运昌盛万世傲。

奇 石

临朐奇石胜宝玉，
自然雕凿真如意。
嫦娥松石两对映，
沧海桑田多磨砺。

沂 山 雪

飞雪流瀑布，
松树染睫毛，
神州素装裹，
晨光已破晓。

沂蒙山

沂蒙山区峰连峰，

人杰地灵出才俊。

风调雨顺得庇护，

绿叶山花甘露润。

华　实①

寒气未消樱花开，

簇簇朵朵人人爱。

红白相间色鲜明，

华实秀霸名品牌。

——————————

① 华实，系山东华实药业有限公司。

夜观弥河桥

眺望弥河水湛蓝，
七色彩灯桥两边。
疑是雨后彩虹现，
优美夜景惹人恋。

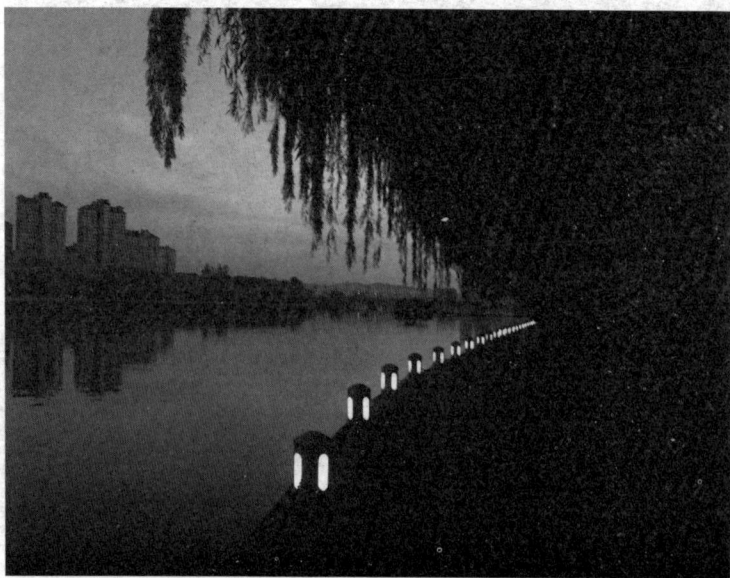

夜观弥河桥

蜡　梅

蜡梅香无言，
百花你独绽。
落叶藏哪里，
生机春盎然。

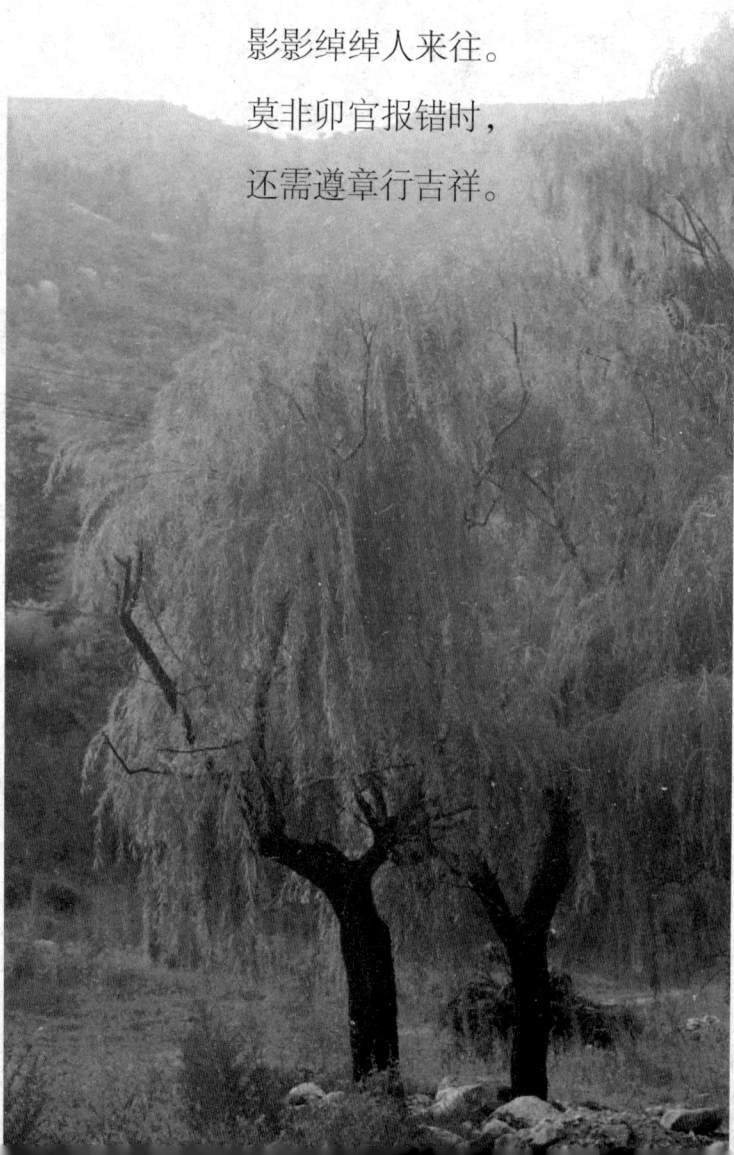

雾

山川河流落雾中，

影影绰绰人来往。

莫非卯官报错时，

还需遵章行吉祥。

竹 叶 茶

翠竹青青属性寒，

疏枝剪叶选嫩尖。

汲取泉水煮仙茶，

沁脾润气神态安。

竹

自古君子多爱竹，

虚心有节力千钧。

经风沐雪有傲骨，

裂谷溪水立此身。

无 题

提笔写诗不畏难，

情思涌动凝笔端。

个中滋味谁人知，

酸甜苦辣写成篇。

思亲人

心中亲人常思念，
隔屏相望难见面。
日日问候表心意，
款款亲情永不变。
岁岁年年心相连，
知心话儿讲不完。
时光匆匆哪里见，
唯有亲情暖心间。

寻 味

访游名山寻佳味，

意欲遍尝八大系。

伫立回首细思量，

还是家肴沁心脾。

远 山

闲暇无意看远山，

低头俯瞰弥河边。

两岸杨柳整排站，

半片藕塘鱼儿欢。

银 杏 树

初冬寒风吹银杏，
片片黄金落胸城。
本固枝荣翘首盼，
来春发芽更多情。

感　悟

冰冻地无言，

落叶知冬寒。

路遥有险阻，

苦战能胜天。

时　光

水在流，

人在走，

时光在飞逝，

岁月在轮回。

蓦然回首，

看人生几多春秋。

日 暮

天寒车窗生霜花，

日暮西下映晚霞。

山峦楼宇相依偎，

窃语冬雪催春芽。

桃　花

阳春红霞铺满山，

层林尽染乱蜂蝶。

随风摇曳展身姿，

酥土阔怀藏花谢。

杏　花

（一）

忽如一夜杏花开，
疑是雪花满树栽。
待得春桃染红腮，
自有杏黄铺天街。

杏　花

（二）

杏林清香花儿开，

白纱轻幔十里彩。

婀娜多姿枝头舞，

再约桃花迎夏来。

发 财 树

绿叶葱翠枝簇拥，
春夏秋冬碧影丛。
雅厅盆养吸尘雾，
招财进宝鸿运浓。

路

人要前行需有路，

路有千种各不同。

土路沙路远古路，

水路山路原始路。

遇水难行沙土路，

风大涉险山水路。

今有动车高铁路，

更有火箭航天路。

诸路相连通何处，

路路直通幸福路。

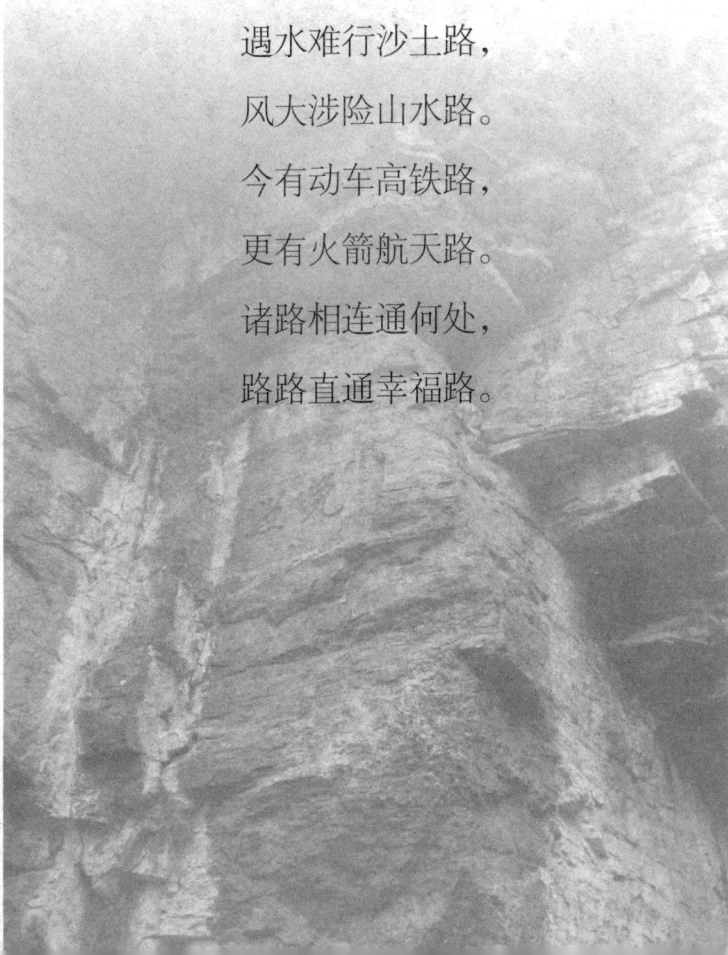

枣 树

绿叶妆成形似伞，

蜂蝶对鸣说丰年。

花开时节闪金星，

早生贵子枣儿甜。

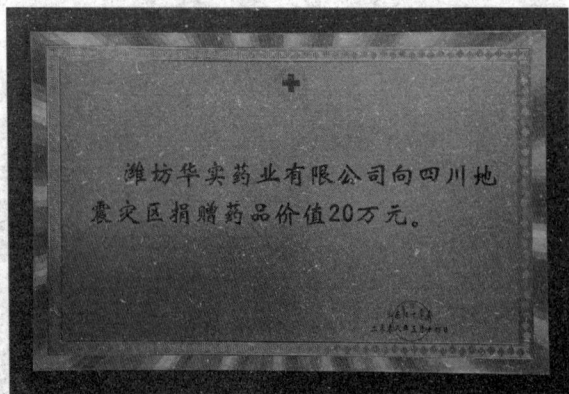

潍坊华实药业有限公司向四川地震灾区捐赠药品价值20万元。

牡　丹

赤霞光彩群芳冠，
灼灼其华不奢妍。
微风轻送披锦缎，
国色天香令人怜。

富 贵 竹

富贵竹枝节节高，

绿叶沁心空气好。

祖国富强春意浓，

勿忘初心四海笑。

芦 荟

头尖肉厚茎脉刺，

叶含凝胶耐干旱。

食用美容随你用，

待得花开需你赞。

绿 萝

婷婷绿萝立雅室，

悠悠清韵留华堂。

墙角攀爬水中根，

严寒苦夏春意长。

喜　鹊

花开不为枝头俏，
鹊上眉梢喜事报。
人间若然皆美满，
甘心屈尊搭鹊桥。

思

（一）

春光覆难收，
夏雨袭九州。
秋果难存鲜，
冬雪化水流。
一切非天定，
谁念解魔咒。

思

（二）

深冬不是六月天，

缘何有雨不见雪。

莫是祝融战玄冥，

水火相攻有胜诀。

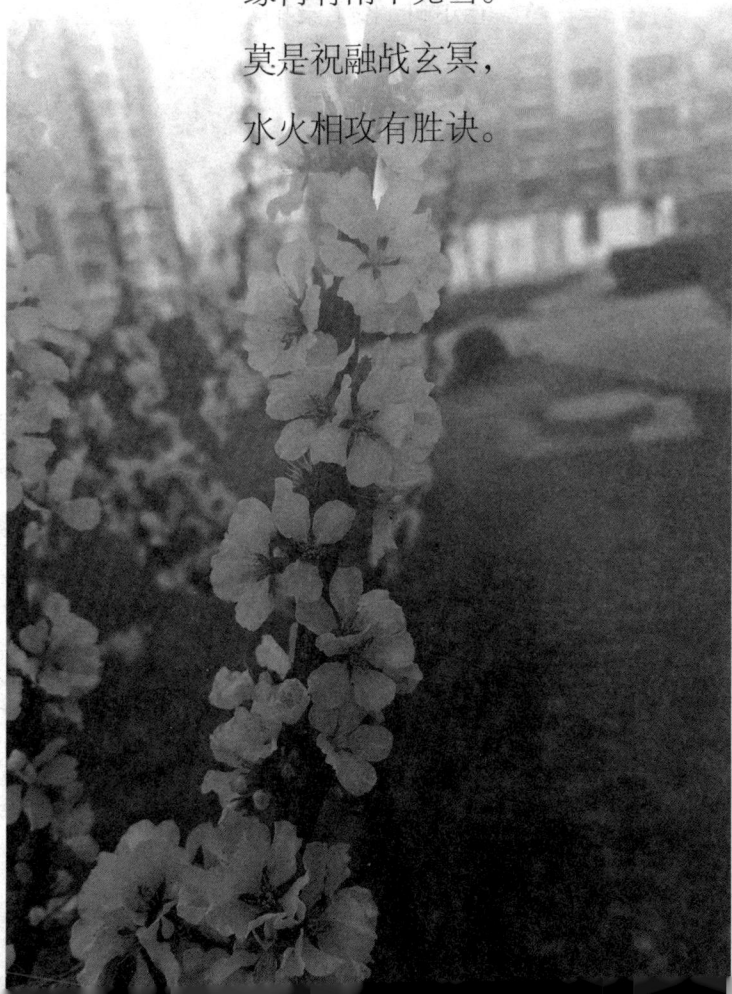

书　法

点横飞舞字字精，
银钩虿尾舒东风。
间架结构处处奇，
笔走蛇龙抒豪情。

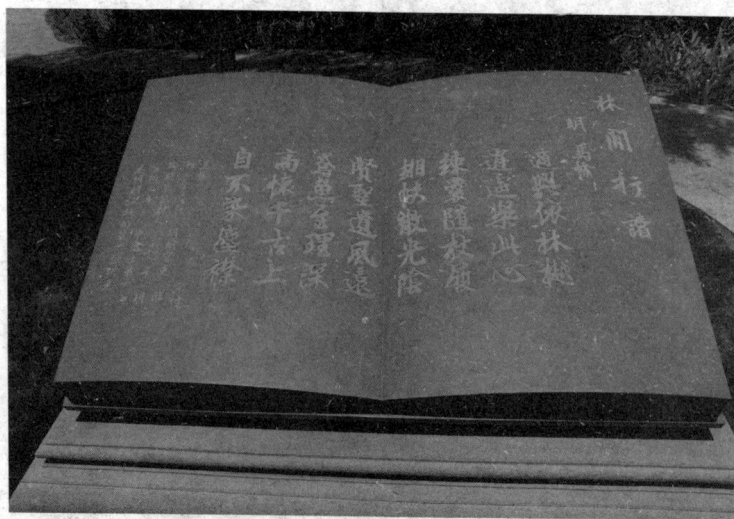

咏 柳 絮

看似如雪却非雪，

四处纷扬卷白絮。

不待娇莺啼岸柳，

已辞故居别枝枯。

春暮岁晚启魂梦，

风清慢绕成流苏。

漂泊终随萍迹老，

裙裾招展谁为主？

自　咏

信手涂鸦不守律，
闲来无事填米格。
世人讽我多粗语，
观景吟诵难自已。

草

吾是一棵小小草，

根扎泥土不争俏。

只为春天缀绿色，

钻破冰寒出芽早。

踏 青

清明过后天更晴，
风柔日暖气温升。
桃梨花海风扬帆，
游人踏青放飞鹰。

初　心

曾经年少爱张狂，
漫步天涯走四方。
今朝年华已逝去，
不忘初心知路长。

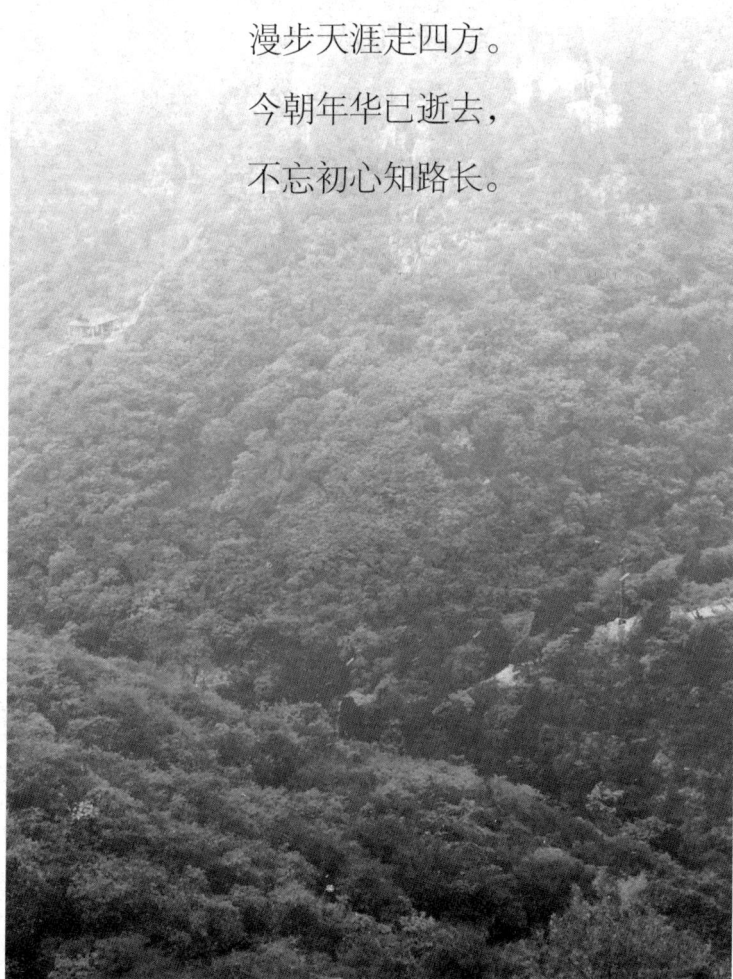

梅

忍受干旱蕴花苞，

愿在冰中藏身娇。

不为香艳惊世俗，

但得花开春来报。

感　悟

人近黄昏万事丢，

唯有健康不可休。

功名利禄皆浮云，

逍遥自在写春秋。

虎皮兰

客厅有棵虎皮兰，
叶坚茎利形似剑。
四季绿衫不换装，
唯恐主人难识辨。
大方端庄满室雅，
平淡自然人人赞。
待得茎裂叶开处，
便有花香人更艳。

观远山

夕阳西下山影现，

窃窃私语言秋天。

黍谷弯腰柿子甜，

绕梁三日庆丰年。

观 景

窗外绿荫溪水连，

乘车一路过江南。

小桥流水绕村转，

排排洋楼红顶尖。

大好河山如画展，

日新月异难写完。

乾坤巨变大手笔，

镰刀锄头熠熠闪。

遐　想

小桥流水彩云间，
鸟语花香风吐艳。
丹桂飘香伊人醉，
云雾缥缈九重天。

时　光

时光已过几十年，
人非昨日是自然。
风霜刀剑侵山岳，
难移初心立志坚。

感　叹

朝朝暮暮又一年，

匆匆忙忙人世间。

夏去秋来弹指过，

春迎冬归不得闲。

山 雨

日间暑气飘凋零，
仰观弦月无盈亏。
夜听山雨滚卵石，
孤灯对影残酒杯。

颂 阳

东海一抹鱼肚白，
夜幕退去曙光来。
一滩银色随浪涌，
霎时山河映红彩。

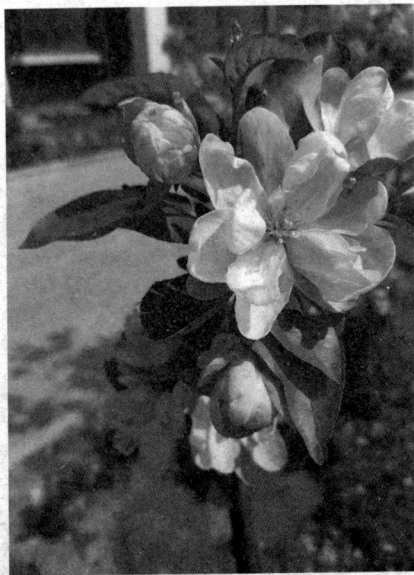

晚　霞

日落西山恋暮霭，
桔红落霞挂松柏。
明月早悬静空里，
待泻银光接晚黛。

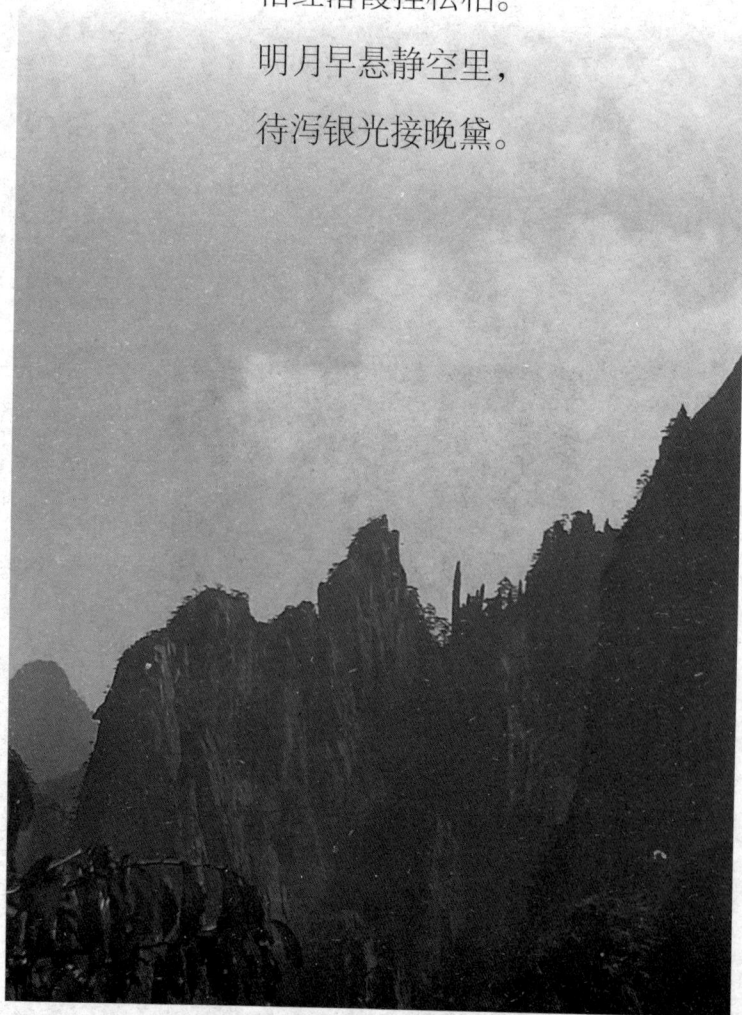

随　感

春秋轮回是流年，
日月更替变桑田。
天上百世地一日，
时不待我挥方圆。

桂　花

金秋送爽飘穹苍，

露珠无声挂晨霜。

金粟花蕊展细腰，

银白苞儿舞袖长。

吴刚伐桂桂愈旺，

玉兔捣药药更强。

难得嫦娥荷锄来，

天宇遍种九里香。

雪

大雪飘无踪，

寒冰挂枯松。

冽风穿墙过，

无问尔西东。

竹 林 雨

斜风炸雷惊鹊儿，
振羽抖翅歇竹枝。
雨随叶片入雁口，
趾滑绿杆怨心急。

雨夹雪

（一）

雨中有雪雪含雨，
雨雪相亲融为珠。
共为春遣使者来，
早有嫩芽已破土。

雨夹雪

（二）

小城雨雪降，

千树雪里藏。

娇俏花带雨，

无意争短长。

生　机

远望塞外飞鸿雁，

近听百鸟奏世安。

杨柳吐翠鱼戏水，

春机盎然日日艳。

变

山顶俯瞰小城变，

今非昔比天地翻。

弥河清澈起碧波，

彩虹六座东西连。

十纵八横马路宽，

千栋万幢楼万千。

牛车马车换轿车，

幸福生活人人甜。

清　风

（一）

清风如剪水如线，

松涛过隙疾似箭。

吹开玉门见佛祖，

灭得天火留仙丹。

清 风

（二）

清风月晕掩一片，

百花盛开染群山。

大地无处不春意，

来日果实自鲜艳。

陶　醉

（一）

十里春风无声息，

风和日丽踏青去。

万物复苏蜂蝶舞，

陶醉自然心旷怡。

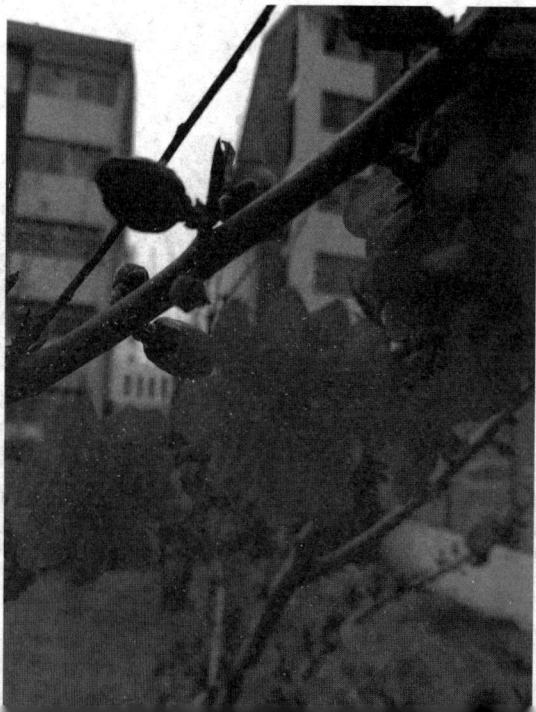

陶　醉

（二）

春风拂窗惹人醉，

晨起懒妆谁画眉。

人景相偎天地里，

神仙不做也不悔。

看 海

（一）

童稚闻听海景观，
好奇疑问留心间。
昨日静坐礁石上，
水天一色金光闪。
波涛滚滚拍岸边，
脚踏细沙好温暖。
远洋巨轮渔帆船，
流云花朵开海面。

看海

（二）

儿时听闻大海事，

多彩故事心中记。

安得一天到它旁，

了却多年情相思。

昨日飞到澎湖岛，

只见碧绿无天际。

豁然开朗胸宽阔，

自此欢愉无烦事。

云

轻纱薄雾漫山谷，
恰似苍穹流云瀑。
陡然风吹乌云滚，
雷鸣闪电云化雨。

感　悟

时光如梭流年华，

莫叹日月浅品茶。

潇洒自在看春秋，

几度风雨观晚霞。

送　福

朝霞灿灿迎曙光，
喜鹊喳喳叫吉祥。
春去冬来接百福，
夏忙秋藏送安康。

夕 阳

西山羞羞藏残阳，
余晖晕晕撒淡光。
俯看骈邑霞一片，
不夜之城万人忙。

观　雪

夜归晨来新一天，
推窗大雪飘人间。
皑皑素装别样美，
他日春来绿装换。

蝴 蝶 兰

（一）

蝴蝶兰香绕雅间，

独染华堂惹人恋。

红粉嫣紫白洁玉，

摇曳多姿舞翩跹。

蝴 蝶 兰

（二）

形如蝴蝶枝头俏，

绿茎挺直显风骚。

不需多水自峥嵘，

却等斜光半阴照。

赤橙黄绿多色调，

氮磷复钾少肥效。

春尽花谢枝枯萎，

独占鳌头时光少。

海水稻

海水种稻香无边，
风涌波涛根相连。
海浪稻浪亲缠绕，
隆平院士美名传。

红 包

天南海北一家亲，
常有红包飞满群。
一分半厘含情意，
亲情友情无远近。

冰

落雪无数凝成冰，

风削寒蚀平如镜。

蜿蜒起伏无尽头，

一如光练泻天庭。

爷孙相携缓慢行，

母女嬉闹步不停。

最难当属司乘员，

悔不弃车免受惊。

无 题

天高云淡大雁飞，

遥观银河星辰美。

清风明月应唱和，

山川群峰晚来归。

观 月

十五圆月挂树梢，
浩瀚星海自闪耀。
兴隆路上彩灯明，
两相辉映真美妙。

听 歌

阳春白雪过耳梢，
下里巴人音符飘。
无论高雅与低俗，
用心聆听皆为好。

自　勉

创业路上登峰巅，

殚精竭虑步履艰。

时不我待难松懈，

老骥伏枥不知倦。

这 一 天

瑞雪轻洒辛丑年，

斟茶推盏享休闲。

捧卷诵吟自嘲诗，

铺笺蘸笔涂鸦篇。

斜看冬月眼界宽，

近听小曲心悠然。

欢欢喜喜乐逍遥，

轻轻松松这一天。

望

站在东山望小城，

唯见楼海漫西岭。

夕阳泼下万千星，

难觅旧时石板巷。

写

堆字码句凑成篇，

字句皆出吾心间。

绿草枯花都是题，

就怕读来惹人烦。

忆

往昔艰难岁月稠，

青春年华似水流。

今日成就不足夸，

无愧我心志索求。

新春感想

鼠隐夜幕春带雨，
牛踏晨曦万物苏。
飞燕衔泥筑新巢，
金牛躬耕展宏图。

采　蜜

寒蜂齐聚樱桃棚，

振翅踏足采蜜声。

来日果压枝头弯，

定发勋章十颗星。

远　思

轻风微起敲夜窗，
数枚黄叶知秋凉。
窗前远思童年事，
捎与雁行寄他乡。

四季欢歌

世间之大美，无处不在。如春天的生机勃勃，活力四射；如夏天的艳日骄阳，山阴纳凉；如秋天的果实累累，火云晚霞；如冬天的白雪皑皑，灯下温酒……

春

春姑娘悄悄醒了，

睁开眼伸伸懒腰。

花儿偷偷抿嘴笑，

小草嗷嗷比身高。

鸟儿枝头叽叽叫，

树叶随风哗哗飘，

喜鹊喳喳说你好，

群燕呱呱北飞早。

夏

广袤田野飘麦浪，
五月骄阳铺山岗。
荷花池塘游鸳鸯，
柳杨树边好姑娘。
粉红笑脸是太阳，
一双清泉赛月亮。
多姿红裙随风舞，
热情似火任飞扬。

秋

硕果累累金秋到，

霜染大地景色好。

苹果红红桃子闹，

梨熟枣儿跟着叫。

柿子金黄绕山腰，

山楂红透永不老。

枫叶片片迎风飘，

大雁齐飞南去了。

冬

大雪纷飞大地封，

千山万峰无人径。

人人言说冬天冷，

缘自冰河起北风。

傲雪红梅笑脸迎，

更有翠竹与雪争。

天寒地冻不老松，

独立悬崖群峰顶。

夏　雨

天低云暗挂瀑布，
一团疾风掠地扫。
是谁大胆犯天颜，
牵来银河人间闹。

秋 雨

一场秋雨一场寒，
叶落水凉催燕还。
大地依然绿野在，
却等雪洒千顷田。

谷雨说柳

拂水绿丝起漪涟，

随风轻絮舞碧天。

俏姿只应仙界有，

谁遣谷雨落人间？

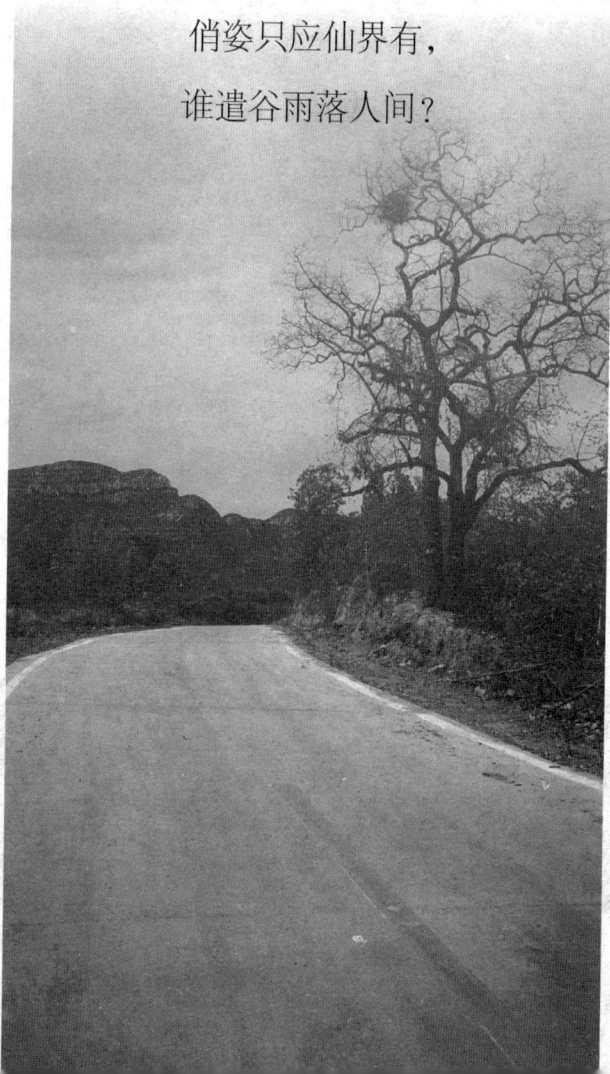

初 冬

初冬风吹柳叶垂，

飘落地上似苏绸。

柔软枝条翘首盼，

春到发芽更青春。

早 春

翠竹摇曳迎晨光，

绿柳轻拂送晚霞。

谁催万物复苏醒，

自有春雷震天响。

春　雪

春雪融胸山，
水滴石梯间。
不闻喜鹊叫，
谁在松中旋。

春　雨

春雨贵如油，

枯芽已等候。

万籁俱寂时，

草长无白昼。

秋　景

秋柿挂满枝，
染红山洼里。
悠然得意人，
垂钓崖下池。

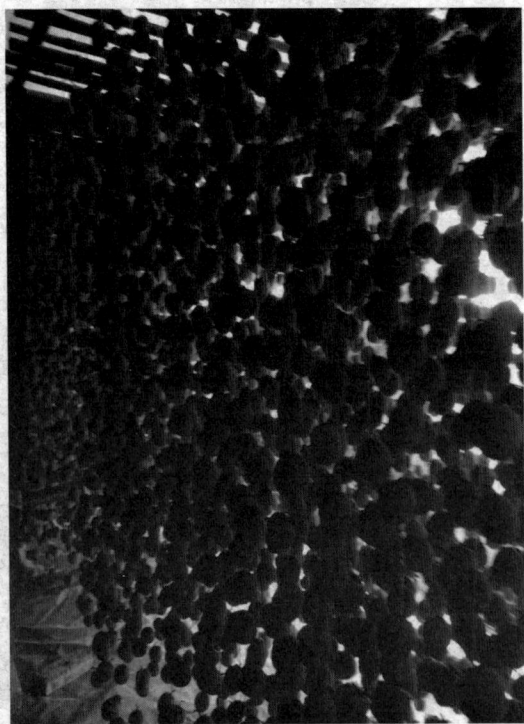

春　景

桃花开来杏花落，
樱桃树下蜜蜂多。
老农荷锄暮日下，
只为明日多结果。

小 寒

（一）

小寒恭请冬雨至，

驱毒灭菌空气净。

秋去冬来何曾寒，

平安是福众百姓。

小　寒

（二）

小寒时节细雨飘，
反常节气实不妙。
估算暖冬成定数，
北极融冰知多少。

大　寒

腊冬冽风掠窗前，
河床瞬间变冰川。
蓦然回首少年时，
溜冰跳方滚铁环。

晚 冬

几片枯燥的云彩，

在灰色的天空中飘洒无奈。

银灰冷月的大地，

空留忧伤的感慨。

尖溜溜的寒风，

吹散了枯萎小草的残骸。

慢慢流淌的溪流，

已绽开了春的情怀。

雪

（一）

天际飘来催梅俏，
纯白清韵非自傲。
没入尘土化甘露，
赢得来春万物笑。

雪

（二）

竹子弯腰躬身谢，

琼枝玉树结晶莹。

天地浑然一片白，

独留山峰登天径。

雪

（三）

银装素裹漫天静，

洁白神韵覆地轻。

莫是天庭神仙会，

窃听尘世幸福声。

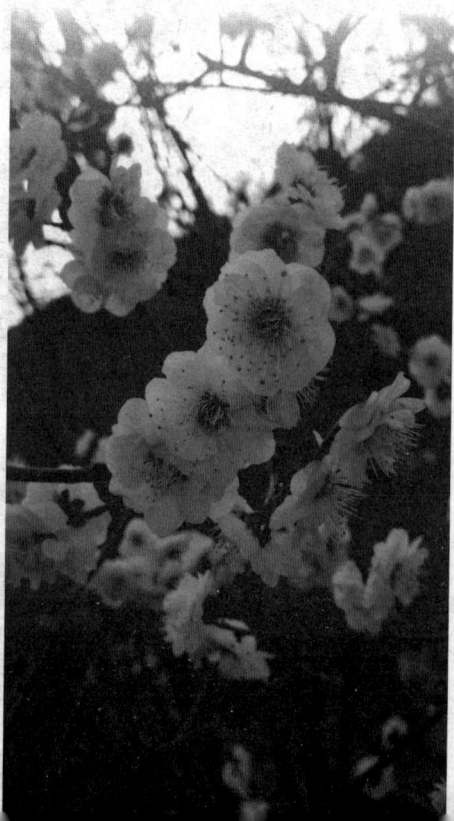

春　感

归燕廊檐下，
春隐小溪间。
常怀感恩心，
处处桃花源。

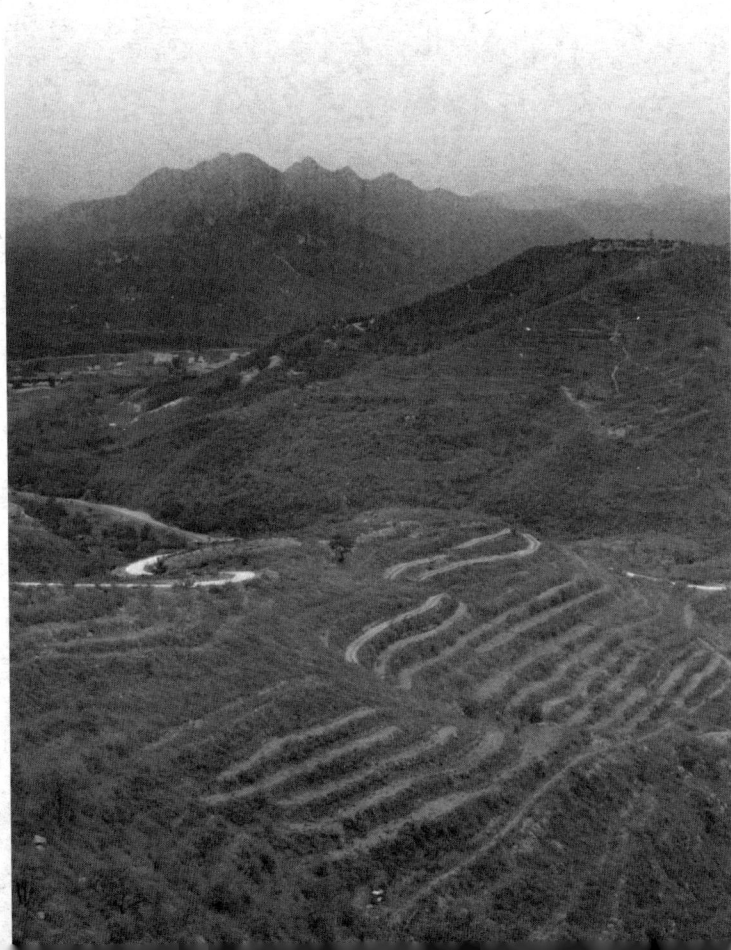

深 秋

橘黄秋柿挂白霜，

松柏枫叶斜影长。

大雁南飞避寒冬，

物竞天择遵法章。

春　闹

麻雀跳枝鹊吵闹，

蚯蚓蠕动蛇芯摇。

蚂蚁列队不惧豹，

小草细芽顶土跑。

春　悟

冰凌开河雨无声，

一岸微风柳放青。

胸山太和门扉开，

只为归燕扫榻净。

连翘吐蕊草初芽，

杏花送雪春意增。

纸鸢随风决高下，

四季为首不必争。

春　分

春分日丽好风光，

平安自在神情爽。

西山连翘醉游人，

东山华实生产忙。

春雨有感

蒙蒙春雨细如丝，

入土无声慢润滋。

最是一年春好处，

一片生机自此始。

庆 丰 年

秋日高爽庆丰年，

百花摇曳舞姿艳。

鼓乐齐鸣歌喉润，

绕梁三日余音颤。

四月雪

（一）

百年难遇四月雪，
天际飘来乱飞撒。
奈何时令不饶人，
落地即融待蒸发。

四月雪

（二）

雨抱雪花直线降，
雪依水珠缠绵落。
水珠雪花织成网，
尽搜热恋情人语。

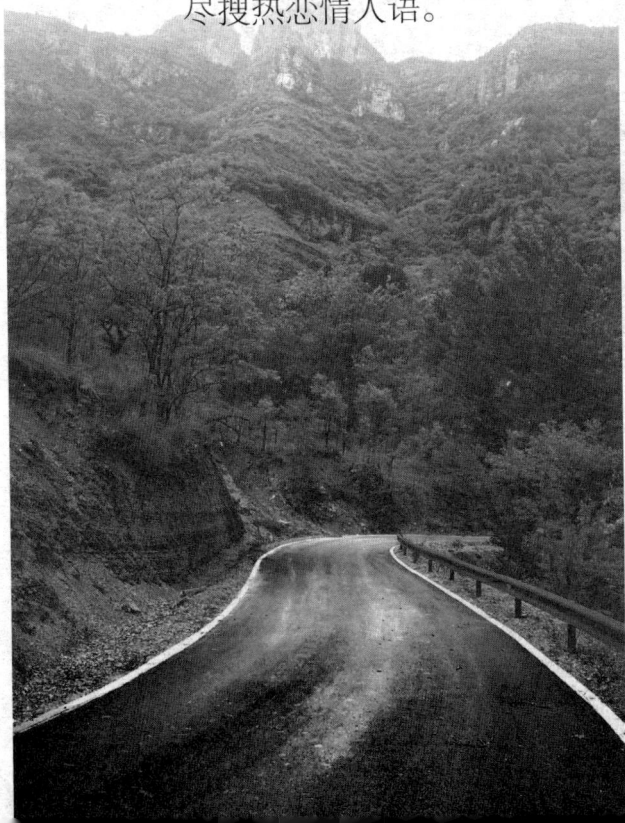

四月雪

（三）

四月上苍降鹅毛，
百花肃杀无地逃。
庚子开年多怪事，
万物和谐要环保。

听 雪

（一）

银装素裹雪梅俏，

纯洁清韵无烦恼。

倾听尘世素白音，

日月星辰相视笑。

听　雪

（二）

嫦娥舒袖扫桂花，
玉兔抖身落须发。
莫嫌月宫冷清殿，
化作白蝶满天撒。

遐　思

小桥流水隐山间，

长松古槐指云天。

倘若偷得半日闲，

倚桥戏水不羡仙。

小 村 庄

绿荫溪水连，
油菜柑桔甜。
白墙红瓦靓，
燕过又复还。

春 风

（一）

地温升高气自旋，
冷暖对流生涡端。
纵然无意吹绿洲，
却有纸莺飞眼前。

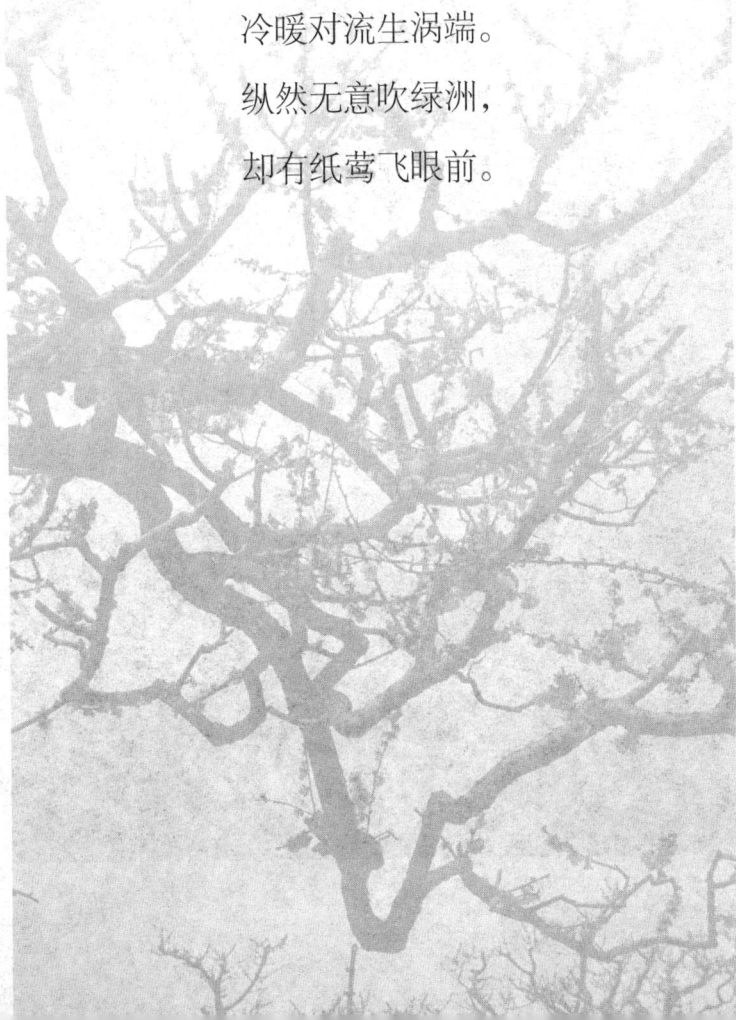

春 风

（二）

春风和煦吹人间，

万物复苏百花艳。

冰河开封南雁归。

老农荷锄无早晚。

晚 春

春光春风春雨闹，

柳青花开蝶舞蹈。

水蓝天蓝朝霞笑，

玉兰吐蕊柳絮飘。

小河溪水潺潺流，

连翘金黄翩翩摇。

湿地陡崖小草茂，

儿歌落地随风跑。

秋 雨

秋雨秋风秋景展，

蝉鸣蝉叫蝉凄然。

暑去秋来添凉意，

细雨如泪流不完。

苍穹为何反常季，

只因新冠害人间。

待到雪花满天飞，

红梅朵朵报春天。

四　季

冬日寒风乱嘶叫，
春日新草自妖娆。
夏日金轮红似火，
秋日硕果满山坳。

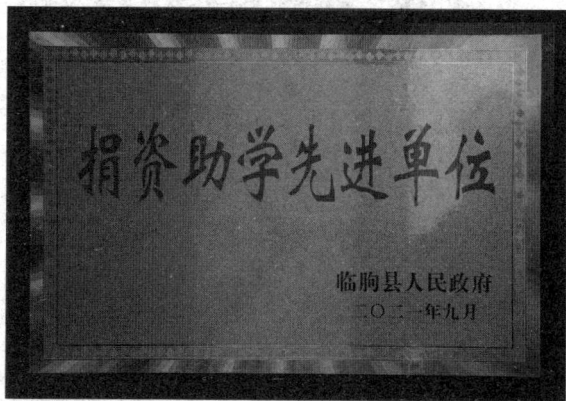

五 月

仲夏流火五月天，

摇扇纳凉避山间。

消暑祛湿心自静，

神仙羡我半日闲。

春 日

田野麦苗绿萋萋，
河水东流入海兮。
杏桃花开柳絮落，
丛林飞鸟叫叽叽。

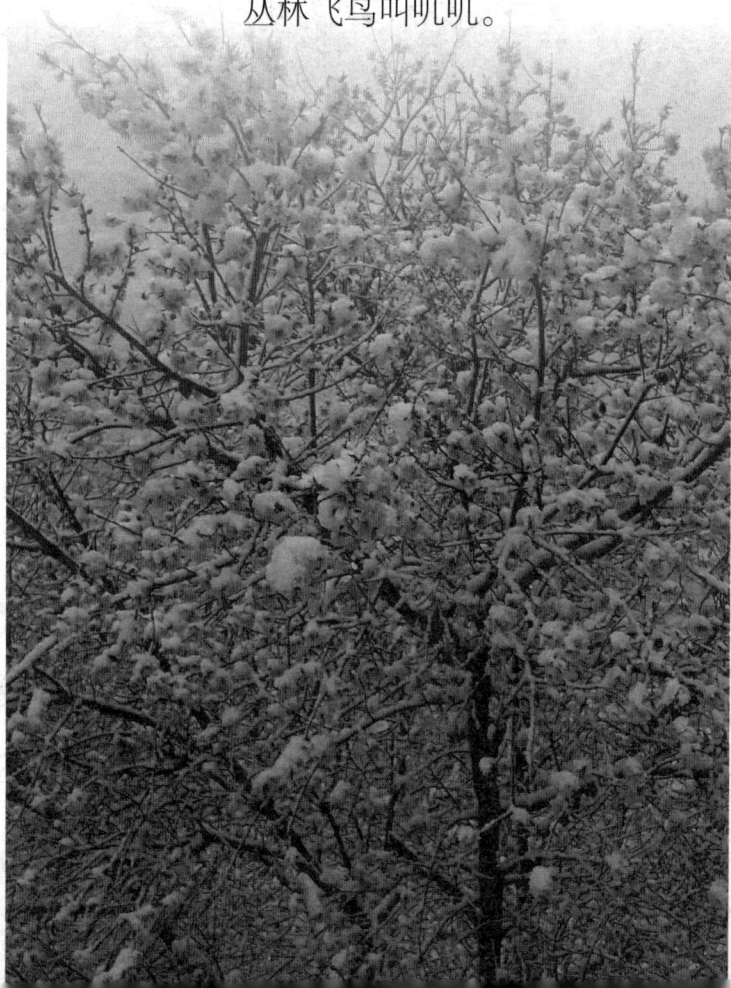

夏 日

赤日炎炎苍海下，
白浪抛起万丈霞。
莺歌燕舞蜻蜓飞，
蝉鸣溪水处处蛙。

秋　日

收米种麦秋日忙，
鱼儿撒欢跳池塘。
山楂红枣摘柿子，
红叶满山菊花香。

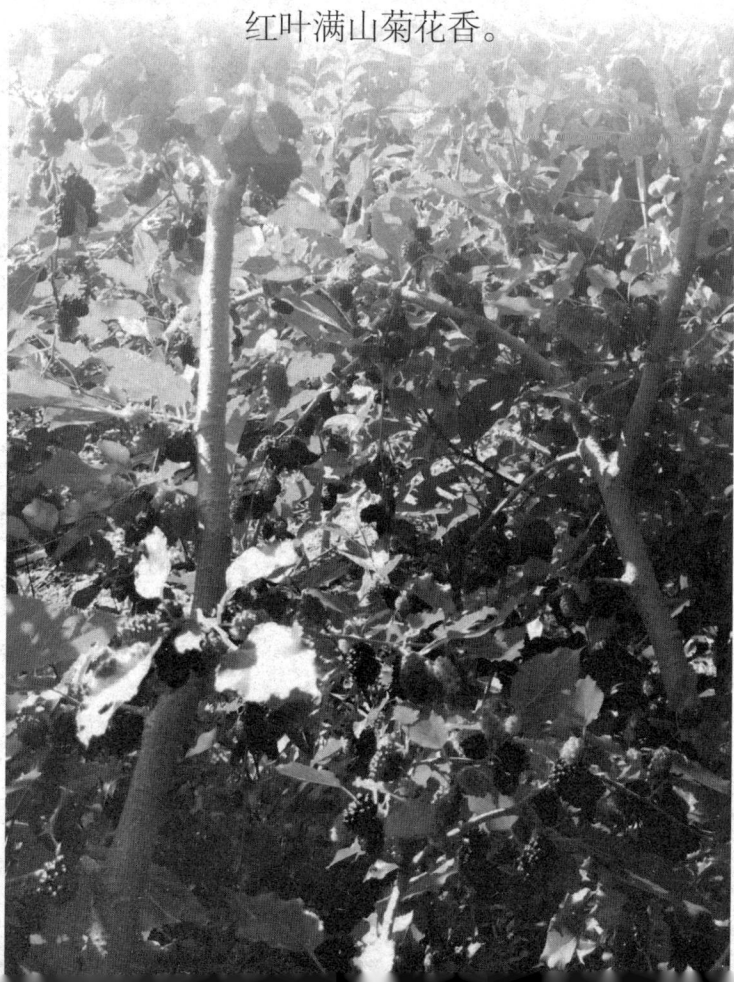

冬　日

十里北风寒山雪，

千山无径封冰河。

青松挺拔依然绿，

红梅俏开唱春歌。

晚　春

草莺叩春何时归，
燕雀安巢待翩飞。
牡丹蕴蕊不争艳，
雨生百谷自芳菲。

晚　夏

伏月荷花映池沙，

清香茉莉舒优雅。

今日流火自谢幕，

他年早备消暑瓜。

晚 秋

摇曳秋风落叶忙，
沥沥秋雨催天凉。
群雁南去无人问，
唯有枫叶染红霜。

晚　冬

冰雪已融湿茶花，
微风拂柳吐绿芽。
阳气渐升无窗凌，
百越归燕藏云霞。

早 春

西山乍暖已显绿，

东河水清飞梭鱼。

谁家廊下燕啄泥，

牧童扬鞭响晨曲。

早　夏

孟夏初始日渐长，
清风吹来夜还凉。
草木步入生长季，
尤怨雨少多太阳。

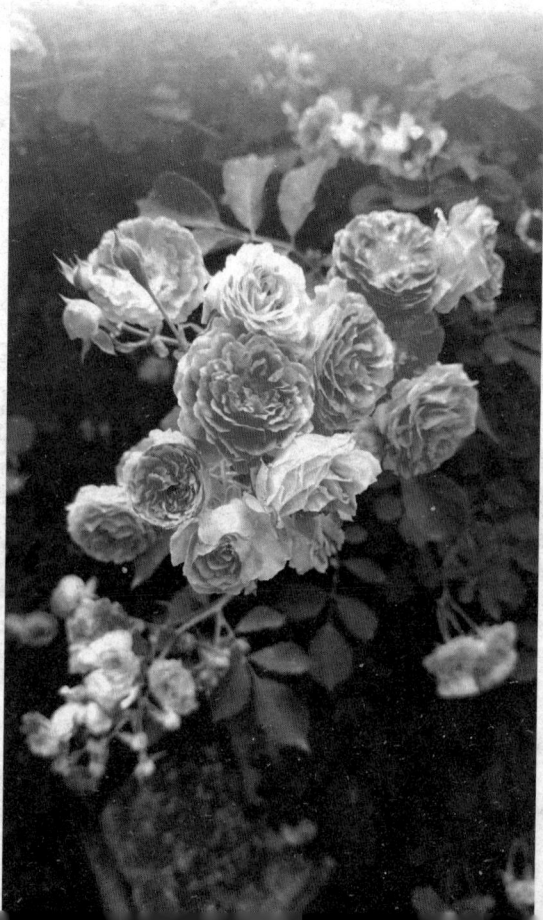

早 秋

秋无凉爽暑难消，

轻风细雨乐逍遥。

果实再蕴丰收汁，

不枉今世走一遭。

早 冬

叶黄枝软池水浅，

绿隐风疾日已短。

晨暮为冬午是秋，

天寒叶落弥水暖。

四　季

秋游四海来，
冬踏寒雪白。
推窗揽纸鸢，
瓜棚锁暑斋。

丰收季

归雁南飞叶偏黄，
清风徐来百果香。
田野耕作少人迹，
铁人机具代我忙。

清　明

远观小城朦胧间，
层层叠叠树万千。
近看弥水透底清，
六桥卧波东西连。
伫立顿思四六年，
但有一桥灭匪顽。
时过境迁弹痕平，
祭奠英灵泣墓前。

雪

昨夜小雪润无声，

今晨寒冷路结冰。

外出路人多注意，

确保安全莫争行。

春　雨

风吹春雨乐行人，
水载新叶韵味深。
一声惊雷开万物，
难得枯树易复痕。

三 月

（一）

阳春三月花儿开，
春风拂面柳儿摆。
早霞轻洒雀儿叫，
夜上山顶猫儿来。

三　月

（二）

烟雨三月花儿开，

春风拂面裙轻摆。

草木返青绿满坡，

夜色阑珊明月彩。

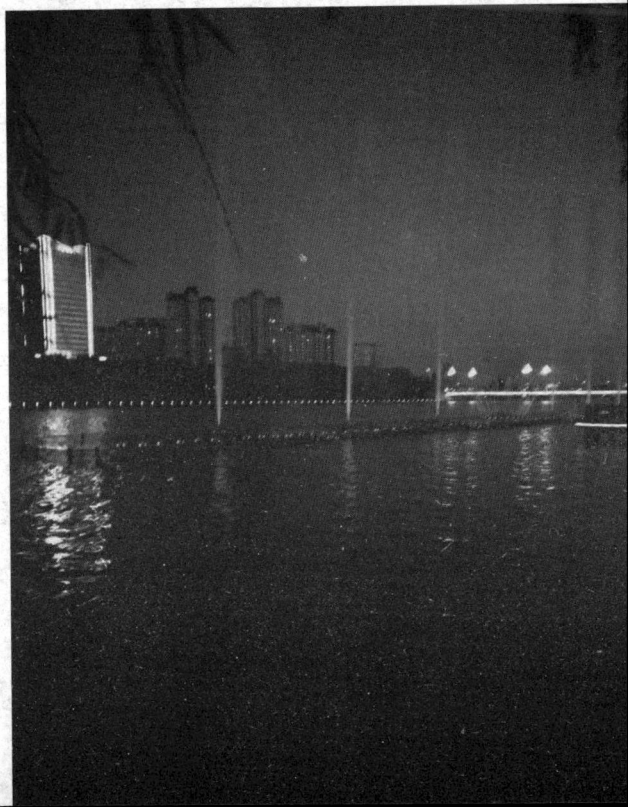

春

（一）

草儿出土笑了，

玉兰连翘开了。

百花含苞待放，

杨柳换了绿装。

啊，

是春天来了！

春天来了，

孩子们笑了。

手牵纸鸢，

放眼蓝天，

迎着朝阳，

放飞他们童稚的梦想！

春天来了，

农民们忙了，

晨披朝霞，

暮送晚云，

赶早春耕，

播下他们一年的希望！

嗯，

春天来了，

悄无声息地来了，

藏在风里，

隐在雨里。

风吹过，

万水千山就动了，

原野就复苏了。

雨过后，

荒漠灌木就绿了，

大地就有生机了。

春

（二）

春色满人间，
踏青放纸鸢。
绿茵水秀色，
处处水云间。

初　冬

秋风拂柳一路黄，
倒映河中金丝长。
初冬摧寒晚秋露，
鱼游深水避寒凉。

大 雪

十年难得九寒天，

千里河封万树寒。

青松昂头捋白须，

蜡梅弯腰插红簪。

初　春

沿河水柳袅袅烟，
浮桥两岸翩翩连。
摇头摆尾鱼儿游，
我在阳台牵纸鸢。

霜　降

霜降自此露成霜，
秋草枯黄因寒凉。
西望石门一片红，
枝摇叶笑谢秋霜。

大　寒

山野乡村冰雪连，
烈风怒号行人断。
无事拥炉烹红茶，
犹见轿车卧路边。

冬　至

月晕天浑雾不开，
夜长昼短暗思揣。
天气多变难预测，
唯有冬至如约来。

廿四节气

廿四节气起源于黄河流域，是古代劳动人民经验的积累和智慧的结晶。它按照地球在黄道上的位置，反映了地球的回归运动、季节变化，指导着中国人民近三千年的农耕生活。

立 春

立春阳气渐回升，
万物复苏趁微风。
廿四节气我为先，
牵来鸿运好年景。

雨　水

雨水淋沥登台前，
旱魔偃旗退幕后。
草木返青时机来，
万物之源无其右。

惊 蛰

惊蛰地温初回升，
春雷叫醒众生灵。
乍醒朦胧行路歪，
提靴蹑足谨慎行。

春 分

春分节气不寻常，
平分白昼和春季。
一分廿四为十二，
二叠四五成九十。

清 明

清明扫墓怀祖先，
弘扬孝道千古传。
节气节日融一体，
踏青春游醉自然。

谷 雨

谷雨多雨已断霜，
雨生百谷催人忙
点豆种谷暮春里，
待到秋月百花香。

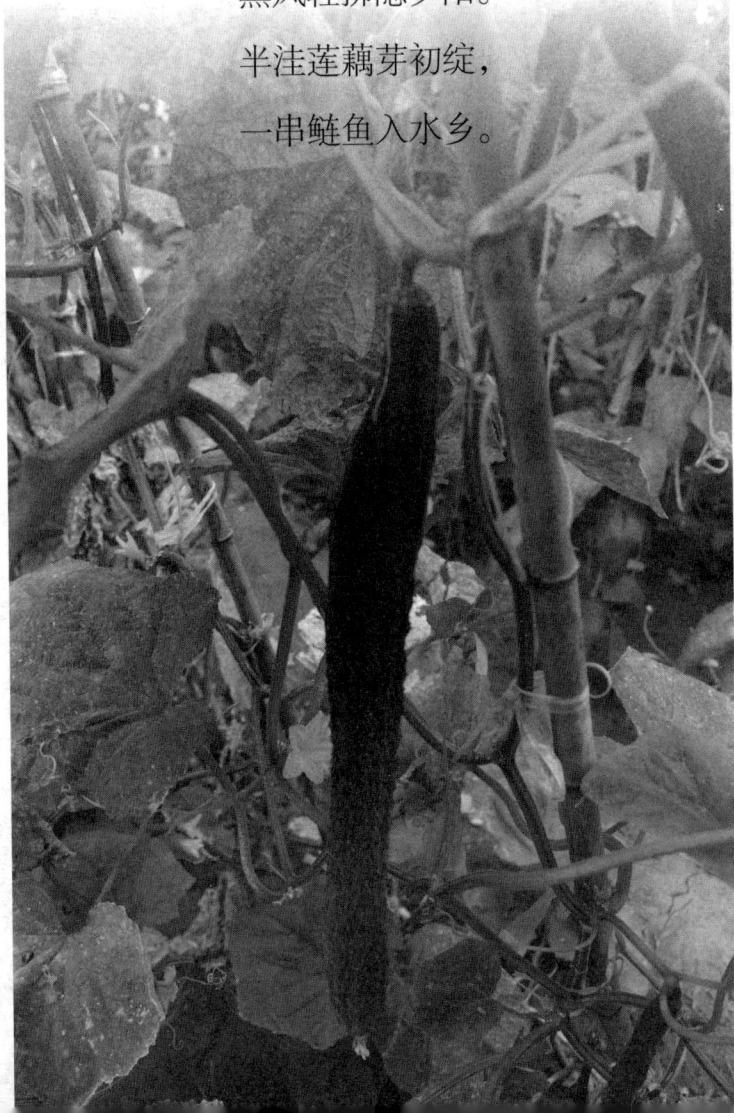

立　夏

立夏送春归来长，

熏风轻拂隐夕阳。

半洼莲藕芽初绽，

一串鲢鱼入水乡。

小　满

小满天地元气满，

水丰光足麦灌浆。

间作套种谁人忙，

顺垄飘来泥土香。

芒　种

芒种三日见麦茬，

千年谚语不虚张。

昨日银镰闪弧光，

今夕铁人收麦忙。

夏　至

夏至太阳照极北，
白日最长昼最短。
前七世纪已定性，
廿四节气首位添。

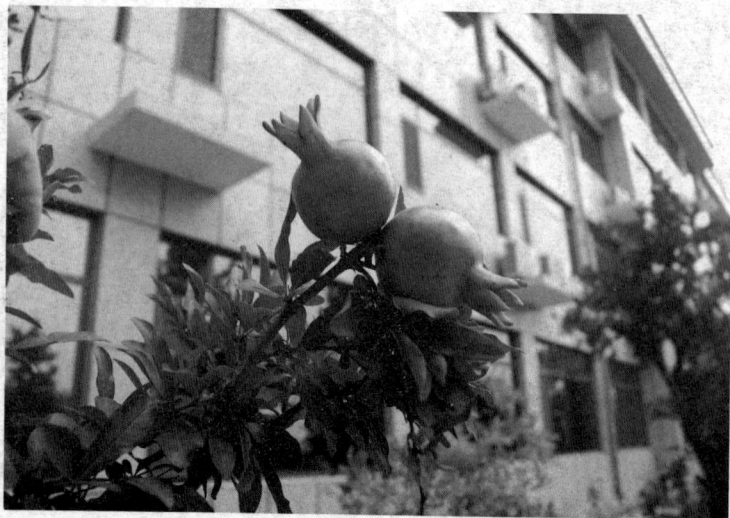

小 暑

小暑牵来季风热，

不及悟空仙炉开。

江南梅雨今日别，

江北多雨季节来。

大　暑

大暑温热气团旋，
心静体宽祛烦愁。
待得荷叶接莲子，
正待好凉一个秋。

立 秋

立秋黍米渐弯腰，
桃梨苹果显妖娆。
酷暑渐消凉意至，
犹闻秋蝉声更高。

处　暑

处暑自称分水岭，
左边湿热右边寒。
日有高温昼添凉，
看天亦有云浓淡。

白　露

白露暗滴秋夜凉，

玉阶拂苔日影长。

早秋将逝无暑日，

晨霜归土育菊黄。

秋　分

秋分日夜两均等，
风清露湿月双影。
一茶一酒一抚琴，
坐卧村头思流萤。

寒　露

寒露星位小挪移，

秋高气爽雁归兮。

夜雾障目渐成霜，

朝霞临窗有寒意。

霜　降

霜降今夕露成霜，
秋草萧条避天凉。
遥看石门红一片，
摇曳波光谢秋霜。

立 冬

立冬四时居末位，
秋收万物自此藏。
远山苍茫隐绿迹，
只待冰河涌雪浪。

小　雪

小雪落地无碎琼，
风疾云起喜鹊惊。
阶前绿竹烹旧茶，
泥塘荷尽存新影。

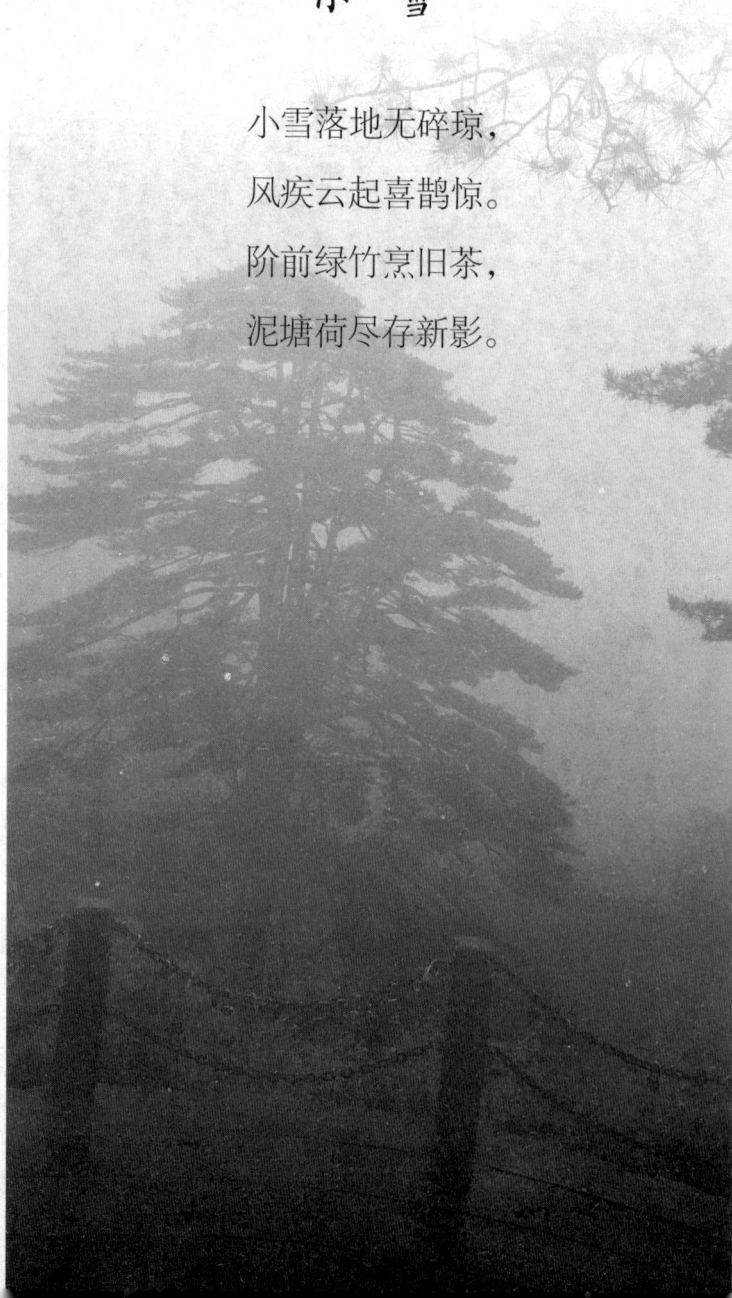

大　雪

大雪来临流水止，
北风掠地滚寒气。
高峰雾凇多断枝，
竹叶竦抖鸟难觅。

冬　至

冬至节令大如年，

祭祖膜顶拜春秋。

何堪昼长日极短，

莫如夏至阳气高。

小 寒

小寒冷积而为寒，

风雪叠加琼花卷。

日斜难开云密布，

一步一踏碎六瓣。

大　寒

大寒无风天自寒，
冰河亦助地裂干。
群峰突降五指数，
万物遵规寻内变。

火树银花

佳节，伴随着社会的诞生而存在，伴随着社会的发展而变化，它是社会的调和剂、润滑剂、黏合剂，是社会永恒主题的一部分。

春 节

千年民俗佳节到，

礼花齐飞放鞭炮。

历添新岁人热闹，

孩子新衣拜年好。

八旬老人捋须笑，

奶奶笑迎孙子抱。

家人举杯千年寿，

欢天喜地人不老。

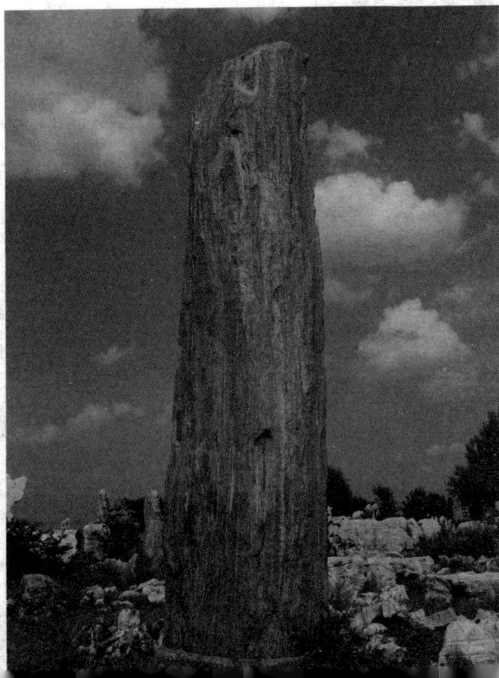

元 宵

小城今夕过元宵，
有灯有月有欢笑。
灯亮月下月如银，
月下涌动人欢潮。
桂花香馅裹核桃，
黍白面细蒸嫩糕。
旱船龙灯满街跑，
隔空焰火通天烧。

三八妇女节

慧质兰心老中青，

共谱三八佳节篇。

老者眉间英雄气，

隐现往昔苦征战。

六零七零能创业，

职场打拼半边天。

巾帼更是多奇才，

敬老爱幼甘奉献。

端　午

五月端午节已到，
又见汨罗腾细浪。
一代志士赋离骚，
忠君爱国志鸿鹄。
棕叶长长裹米枣，
荷包圆圆装艾草。
千年佳节源屈原，
长久团圆国骄傲。

清　明

清明时节雨连连，
点点青草缀墓前。
严父慈母故多年，
焚香遥祝诉衷情。
您我相隔天地间，
离别恍然昨日时。
何夜梦得重相见，
相拥相抱诉别言。

五　一

（一）

美哉自由艳阳天，

红旗飞舞平贵贱。

第二国际作决定，

世界同庆大地欢。

先烈鲜血把您染，

专待再续精神传。

几多经典谁知味，

只见游人不见边。

五 一

（二）

一八八六不平凡，

工人运动起波澜。

八时工制终实现，

五一光彩永灿烂。

劳动人民最可贵，

改造世界功盖天。

地球一村同凉热，

共创美好大家园。

五四运动

五四运动开新篇，

民主革命自当先。

奋起反帝反封建，

爱国精神千秋传。

六 一

（一）

六一太阳笑灿烂，

六一花朵真鲜艳。

且看今日地球村，

同庆佳节心团圆。

幼苗花蕾开满园，

参天大树接云天。

大海深处浪推浪，

寰球神州共发展。

六 一

（二）

小草依托沃野地，

汲取甘露沐阳光。

自由伸展山川中，

多经风雨历程长。

他日绿茵无边尽，

相映湖海掀微浪。

日出日落非平常，

一代更比一代强。

七 一

南湖红船生奇迹，
革命火种平地起。
漫漫长路夜几重，
猎猎东风舞旗帜。
数代先烈谁人识，
自有后人承遗志。
泱泱大国根何在，
镰刀斧头永相依。

八　一

平地一声惊雷响，

南昌城

宣告人民武装诞生。

这是

用鲜血筑成的钢铁长城，

为人民当家作主的军队。

她

与人民息息相关，

血肉一体。

她

为人民浴血奋战，

义不容辞。

八十年，

从南昌起义第一声枪响，

到秋收起义，

从井冈山的第一次会师，

到延安宝塔，

她经历了成长到成熟的蜕变！

反五次大围剿，

打出了以少胜多的闻名中外的战役；

爬雪山过草地，

走出了举世闻名的二万五千里长征。

十四年浴血抗战，

百团大战席卷日寇缩回弹丸岛国；

四年解放战争，

三大战役扑灭内战国家民族重生。

抗美援朝保家卫国，

对越自卫反击大战，

索马里护航，

世界维和……

哪里有危险，

哪里就有你的身影，

哪里有需要，

哪里就有你的脚印！

八一

是一座岿然矗立的丰碑！

寒冷的北方，

炎热的南疆，

渺远的沙漠，

浩瀚的海洋，

都激荡着军号的号响！

喧闹的城市，

恬静的乡村，

辽阔的草原，

葱郁的山林，

都飘扬着军旗的雄姿。

历史不会忘记共和国的英雄，

用鲜血浇灌出祖国的尊严！

一个个"八一"军徽，

就是一个个闪光的足迹；

一个个"八一"军礼，

就是一个个自信的笑脸。

因为有你，

中国人民扬眉吐气；

因为有你，

伟大祖国更加强大！

军旗 军号 军魂，

铸就钢铁长城：

人不犯我，我不犯人，人若犯我，我必犯人。

军营 军装 军人，

锻写军队精神：

召之即来，

来之能战，

战之必胜！

中 秋

中秋佳节月儿圆，

游子千里把家还。

孙子跑来抢月饼，

爷爷捋须笑开颜。

对影成双心相连，

举杯邀月合家欢。

不见吴刚伐桂树，

定是玉兔传银簪。

国　庆

七十华诞普天庆，
卓越成就世界惊。
消除贫困同富裕，
城镇建设共纵横。
满山花果挂晶莹，
遍地庄稼喜丰收。
惠民政策一串串，
八旬老汉也年轻。

小 年

腊八已过是小年，
家家齐将糖瓜粘。
诚意恭奉灶君前，
面见玉帝多吉言。

元　旦

地球载我绕日转，

瞬时已过四百圈。

华夏古历三千年，

宜时改用公纪元。

改革开放是机缘，

融合世界必争先。

一带一路谋略远，

他年古历又回还。

重阳节

九九重阳菊自开，

叶飘黄栌霜染彩。

七十古稀今不稀，

八九十耄驾车来。

三八节

（一）

三八佳节今又到，

百草迎春自妖娆。

创业路上我们行，

能文能武志向高。

科技领域引风骚，

职场打拼更自豪。

尊老爱幼甘奉献，

巾帼风流看今朝。

三八节

（二）

玉兰花开女神节，
巾帼丰姿自相偕。
乡村闹市筑雅居，
相夫教子为主业。
职场战场不停歇，
任由发白无鬓结。
今日共贺言未尽，
却知女士志如铁。

追忆五一

芝加哥城工人强，

二十万众齐沸扬。

义愤填膺斥专政，

废除陋规工时长。

正义魔鬼相对峙，

何惧头断血流淌。

百年已过情犹在，

今夕佳节忆儿郎。

元 旦

举世迎新岁开端，
岁月流金福寿全。
四海同歌元旦庆，
五湖共舞迎春天。

国 庆 颂

国庆佳节纪开元，

继往开来鸿图卷。

科技强国九洲庆，

脱贫致富十亿欢。

赏 月

昆明湖水如镜面，

垂柳倒挂猴一串。

屏声静气默念叨，

玉盘快起再挂天。

一年一度冰兔圆，

你岂人间来下凡。

白云飘浮遮羞色，

桂花清香送汝还。

贺 中 秋

八月十五月饼甜，

彩云追月风儿牵。

清辉暗香飞明镜，

天涯海角共婵娟。

游子千里家乡还，

合家欢聚尽开颜。

玉盘高升齐仰望，

两岸同胞盼团圆。

除 夕 夜

冬去春归又一年，

新岁蜡梅绽红颜。

千家灯笼随风摇，

万户桃符福寿全。

今夕守岁不需眠，

央视晚会自相伴。

明早拜年挨户走，

恭祝各家福运添。

小 年

腊月廿三糖瓜粘，

恭送灶爷上仙天。

玉帝面前言好事，

来年尘世定平安。

人无烦事多笑脸，

国有实力无人犯。

文明古国五千载，

傲立世界似等闲。

匠心智造

匠心之魂 铸就质量之路
智造之精 打造传世品牌

二零二零年，山东华实药业有限公司经层层筛选，入围中央电视台发现之旅频道《匠心智造》栏目组纪录片的拍摄，于二零二壹年四月十六日首播。

初 选

阳春三月下江南，

群雄竞演优劣辨。

四百企业争入围，

华实脱颖进八冠。

考　察

一行三人来华实，

实地考察好选优。

大到前景有规划，

小至卫生仔细瞅。

新型产品看效益，

公司发展寻根由。

材料成摞细审阅，

设备性能多探究。

一锤定音八进三，

工匠精神无其右。

前 采

杨导形象不一般，

魁梧干练东北汉。

展室化验仔细观，

车间餐厅来回转。

领导员工来座谈，

发展始末了解全。

拍摄内容定方案，

开机定能录圆满。

开机仪式

九月的某天，

公司办公室的灯亮了一夜，

邀请嘉宾，

会议发言，

开机揭幕，

接待送行……

领导们研究斟酌，

比较判断。

详细的开机仪式方案，

和着初升的太阳，

一页页实现。

九月十一日，

装扮一新的临朐大酒店，

将由华实药业唱主角。

氢气球拖曳着巨幅标语，

在旭日的映照下格外彰显。

红色地毯铺卧在青石台阶，
静候嘉宾沿它步入会场。
LED 屏幕滚动着：
匠心智造聚焦企业，
助推中国制造，
华实药业奉行，
健康为本关爱人生。
迎宾墙上，
华实药业欢迎您，
七个镏金大字，
更显诚意满满，
真情无限。

来了，
领导们来了，
嘉宾们来了，
他们踩着欢快的鼓点，
和着华实的节奏，
来到主席台前。
聆听县长的致辞，

领会其中的内涵。

倾听杨导的讲话，

了解拍摄匠心智造的起源。

再听侯董的宣言，

重振工匠的威风。

笑语中，

掌声里，

开机仪式的重头戏开演：

火红的绸缎掀开，

匠心智造 华实药业

八个大字，

熠熠生辉，

满堂璀璨。

今　天

今天，

风和日丽，艳阳高照，

喜鹊早在枝头喧叫。

今天，

栀子花开，荷花弯腰，

石榴早在枝头微笑。

今天，

树叶沙沙，翠竹摇摇，

知了早在枝头撒娇。

今天，

机器欢唱，药剂蹦跳，

设备早已满弓呼啸。

今天，

今天是一个特殊的日子，

一个不平凡的日子。

看，

他们来了。

他们个个满面春风，面带微笑，

走来了；

他们人人仪器缠身，长枪短炮，

走来了。

他们承载着我们多大的希望，

他们支撑着我们多大的依靠，

他们将用巧妙的构思，

涌动的激情，

娴熟的笔调，

为我们画一幅肖像！

我们

三十七年的执着追求，

三十七年的沉稳不躁，

三十七年的专心致志，

三十七年的专业浸泡，

诠释了工匠精神的内涵，

证明了工匠精神的伟大，

预示了工匠精神的发展轨道。

今天，

我们——工匠人，

将通过《匠心智造》，

向大家传递这样一个信息：

专心致志坚持做一种产品，

只为健康为本，

关爱人生。

开 机

褪去机架的包裹衣，

铮亮的三角架自然弹起，

摄像机架的安装，

要遵循——

水平线平于海平面，

垂直线垂于地平面，

三足鼎立，

稳稳地托起录像机，

三十个日日夜夜，

捕捉时机，

记录永恒。

装上变焦镜头，

调焦，

按下录像键；

时光，

随改革开放的脚步，

由远而近——

一九八三年，

低矮厂房里，

五张疲惫的脸庞，

透露着坚定的神色，

那是他们初次创业的定格。

一九九七年，

又是他们，

手托从包装机下线的第一袋二氧化氯药剂，

像看新生儿般，

格外惊喜。

二零一四年,

他们,

成了一群人。

从他们的手里,

捧出了五大系列三十多种产品,

秀霸牌二氧化氯消毒剂,

荣登全国消毒十大品牌之首。

换上定焦镜头,

按下录像键:

时光,

定格在一九九七年,

得到二氧化氯消毒剂的消息,

公司紧急启动试制方案。

北上北京,

南下南京,

寻专家咨询,

研讨配方制剂,

觅设备性能，

调试安装生产。

一毫克，一毫克，添加，

一毫克，一毫克，削减。

一寸寸，实验记录叠加，

一丝丝，希望成功在即。

恒心，是力量不竭的源泉，

痴心，是意志不枯的基石。

多少个日夜轮回，

多少个月亏日盈，

终于——

第一批产品经山东省药品检验局检测，

合格率达百分之百。

再次按下录像键，

二零一九年

发明专利十九项，

水处理设备年产二千台，

二氧化氯消毒剂销量一万吨。

车间、餐厅、宿舍、办公楼，

鳞次栉比。

流水线、包装机、混料机，

顾盼生姿。

曲廊、竹园、楼顶花园，

交相辉映。

公司、员工，

亲若一家，

我们共同在国旗的庇护下，

发展、壮大、成长、健康！

移动录像机的广角镜头，

扫描不平凡的二零二零年。

为抗击新型冠状病毒的肆虐，

全体员工跨过春节的门槛，

即走向生产的前线。

他们起早贪黑，抗拒冰雪和严寒，

废寝忘食，怀抱信心和希望，

一丝不苟，锻造产品和品质，

任劳任怨，摒弃名利和金钱。

他们只有一个心愿：

多出一把力，

就能使新冠病毒早一天绝迹！

就能使人们早一天远离危险。

是的，他们生产的消毒剂涌向祖国的四面八方，

他们的努力成果在电视台和报纸争先亮相，

这是责任的担当，

心灵的呼唤。

公司在组织生产的同时，

对奋战在抗疫一线的钟南山医疗团队，

坚持在网络线上讲授与学习的全县师生，

为祖国建设奉献了青春年华的老人们，

送去了价值两百多万元的消毒剂。

他们知道，

和新型冠状病毒的阻击战，

不是一蹴而就，

不能轻而易举取胜。

面对不断变异的病毒，

要有长期抗击的准备。

为此，

他们潜心钻研，

精心探究，

细心考量。

BP96、KY20，

空气净化剂，

空气消毒粉等新型产品，

相继研发成功，

正以家庭装、旅行装、车载装等形式，

包装精致、使用方便、效果优良等特点，

走进千家万户。

环境灭菌，给人们一个洁净的天空，

家居灭菌，给家人一个安全的空间，

已成为人们常态的生活需求。

二月，

为缓解全国消毒剂需求压力，

县政府特批土地一百亩，

新建年产一万五千吨二氧化氯消毒剂生产基地。

工地上，

打桩机打下五百根混凝土地桩，

挖掘机扬起三千方黄土山石，

起重机吊起二百架钢梁，

工人师傅建起三万平方米厂房。

崭新的设备机器，

先进的生产流水线，

今日，

开机投产。

制　作

剪辑吧，

一帧帧画面缓缓滑过，

如同一寸寸时光悄悄流淌。

走过的是日趋成熟的脚步，

流淌的是工匠们的汗水。

脚步——稳重、厚实，

是工匠执着挚爱的体现。

汗水——珍贵、辛甜，

是工匠勤劳勇敢的写照。

剪辑吧，

留下他们忙碌的身影，

粗糙的双手，

发白的双鬓，

逝去的年华。

剪辑吧，

留下他们创业的颂歌，

科研的成果，

百年的华实，

秀霸的光霞。

合成吧，

将灿烂的朝霞铺满海平面，

丰硕的成果挂上光荣榜，

发展的轨迹串成一条线。

合成吧，

留下深情的记忆，

涌动的思绪，

奔放的情感，

深切的怀念。

今天、昨天……

都要压缩收藏，

明天、后天……

都要打开新建！

让凝固的永恒，

记录的瞬间，

再助力我们——

痴心做事的工匠！

匠心智造

匠手巧雕精物件，

心灵细绘百图全。

智者怀仁亦商道，

造福苍生心自安。

木匠——工匠之始

鲁班造锯称鼻祖，

木工行当百匠始。

撮土为器金镶玉，

济世圣人尊工匠。

执着——工匠之本

撞到南墙不回头，
不见黄河心不甘。
咬定青山不放松，
扎实做事心无贪。

敬业——工匠之魂

软帘一揭入庄园，
默默无闻心自甘。
心无旁骛不羡仙，
恪尽职守守三观。

创新——工匠之源

桑叶沙沙卵为虫，
白绸丝丝隐黄蛹。
破茧成蝶振双翼，
浴火重生秉匠宗。

求精——工匠之根

聚精会神心有图，

精雕细琢挥鬼斧。

几经锻刻千百遍，

浑然天成土作玉。

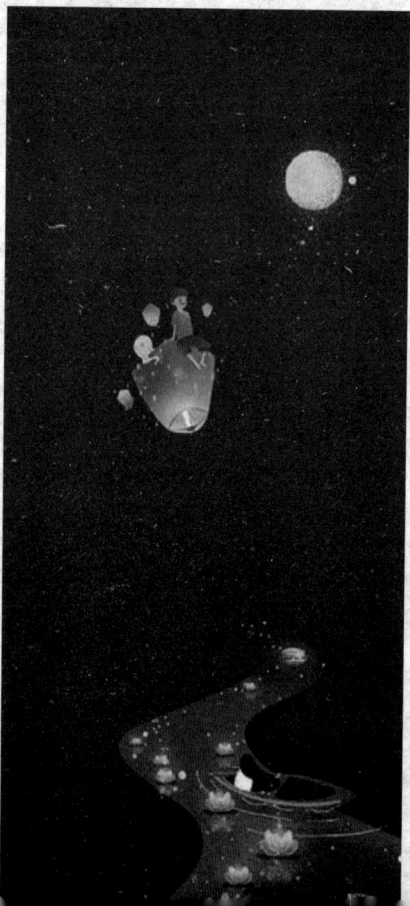

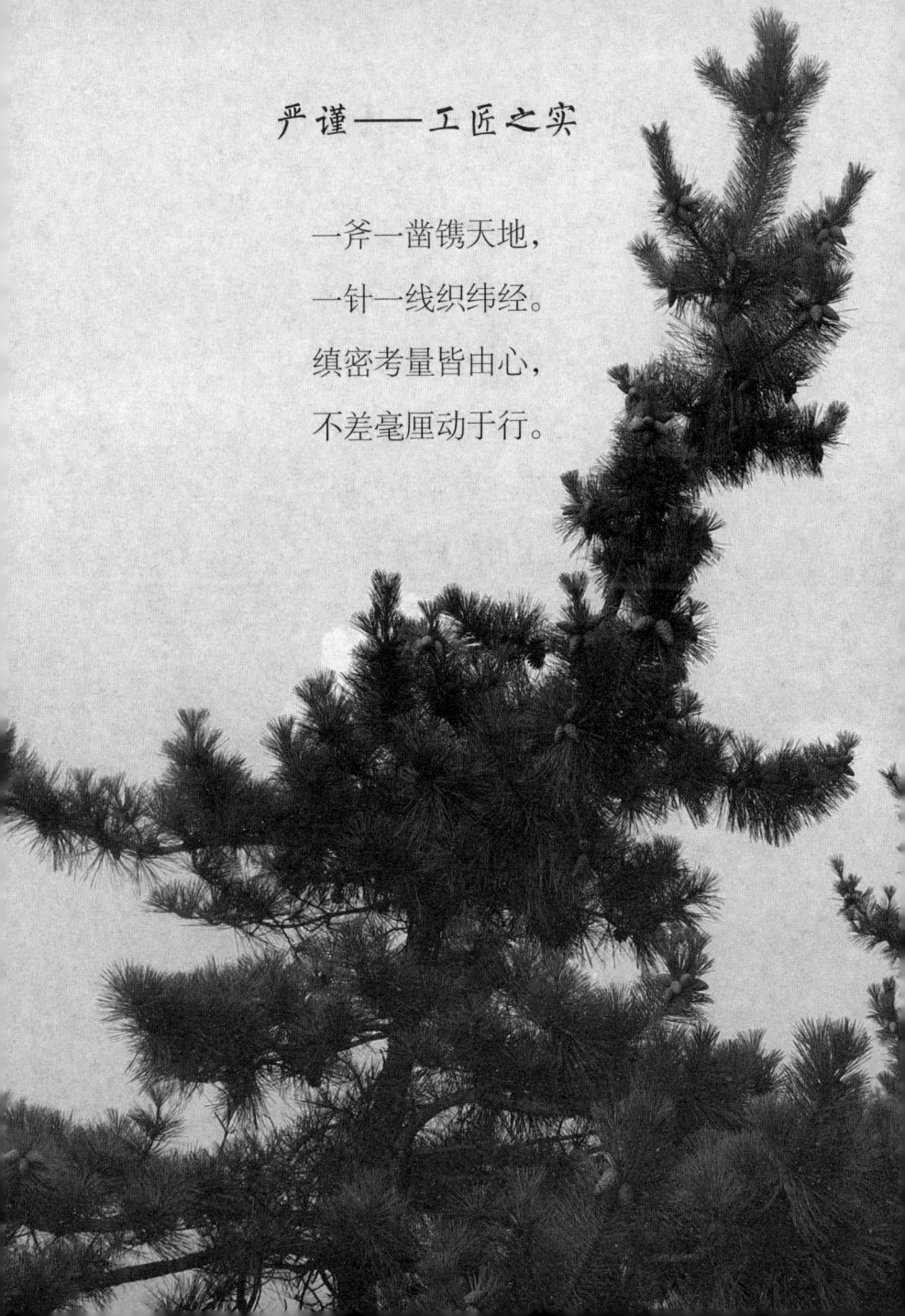

严谨——工匠之实

一斧一凿镌天地，

一针一线织纬经。

缜密考量皆由心，

不差毫厘动于行。

升华——工匠目的

注重细节无瑕疵，

追求卓越产品奇。

精益求精自完美，

精雕细琢为极致。

专注敬业不为痴，

定折蟾宫第一枝。

工匠精神已升华，

融入企业增效益。

二零二零年，全国号令高度统一的一年，上下一心共抗瘟神的一年，舍小家顾大家再现奉献的一年。我们取得了抗疫之战的胜利，并支援世界各国抵御病毒。

沁园春·抗新冠肺炎

二零二零，开岁迎春，瑞雪翻飞。然天有不测，地无全圆；山谷风飐，海底浪追。寒冬风利，不遮菌生，新型病毒欲偷窥。古汉阳，海陆空尽滞，九州亦随。

体积不足微米，焉能撼动华夏国威。看乡村城市，群防群控；企业商贸，后援助推。华佗再世，刀碎顽魔，天蓝地清无尘灰。待来日，万物更融洽，相依相偎。

这群人

二零二零，

端月之春，

你看见了什么？

听见了什么？

这一切，

我不说，

你也知道，我也知道。

但有这么一群人，

我不说，

你却不知道。

这群人，

出身平凡，却身负重任，

谨小慎微，却举止不凡，

无豪言壮语，却脚踏实地。

有真情实感，却抛家舍业。

这群人，

聚集在一个小山坳里，

每天，

用自己的体温将自己的汗水烘干为气体，

去驱赶尘埃。

每天，

用工匠的精神将劳作的成果撒向天际，

去力挫妖魔！

每天，

日出日落，

日落日出，

一个巡回，又一个巡回，

多少个

这样的巡回，

他们在这样的巡回中劳作不止，

只为一个目标：

早日结束这样的巡回，

早日走出这山坳，

早日再现人头攒动，百车争流，万巷攘熙。

看！

他们

或弯下身躯，扛起铁桶，向月光走去。

或扬起短发，合上电闸，迎朝霞出发。

在他们的手中，

航吊左右翻滚，上下挪移，

叉车左冲右突，来去自如。

在他们的手中，

几十种原料在合成罐里翻滚搅拌，

雪白的粉剂沿管流向仓储。

庞大的压片成型机在轰鸣中飞转，

圆圆的片剂自模孔轻松弹出。

在他们的手中，

一台台封口机将一袋袋粉剂，

码成一箱箱整齐的蜂巢队列。

一把把预热枪将一瓶瓶片剂，

堆成一排排整齐的列兵。

微黄的二氧化氯液体配蓝色的塑料桶，

多么协调又显杀伐萧冷，

昂头的重型载重卡车配宽阔的厂房，

多么庄重又显壮志待酬。

烧杯烧瓶玻璃棒，

搅动出千变万化的符号长廊，

量筒坩锅酒精灯，

幻化出深不可测的科学配方。

精益求精，一丝不苟，

毫克微克已是最大质量添加，

天平始终是公正天平。

呕心沥血，绞尽脑汁，

千次实验已是最小实验周期，

配方始终是最佳配方。

每天，从这里产出几十吨高效消毒剂，

发往南海北岛，东川西府，

消杀病毒，驱赶鬼魔。

每天，从这里迸发出尽已所能的情感，

流向山川沃野，冰河暖洋，

真情相拥，助人助己。

听！

"我们多干一小时，就多帮助一群人。"

党支部书记说。

"出门在外，感染病毒的机率大，但我们不在乎。"

六十五岁的李师傅说。

"我每晚都看疫情通报"，警卫室的吴大爷说：

"受病毒感染的人太需要我们的帮助了！"

一月二十六日，新任镇党委书记刘阳来厂嘱咐：

"加强自我防护，满负荷生产，保证疫情消杀需要。"

"我们的产品是消毒灭菌，必须保证质量，

不能有丝毫马虎。"

县长田元君在实验室对公司负责人下了命令。

一月二十九日，县委书记杜建华在车间里讲：

"你们吃了苦，受了累，舍自家顾大家，是社会的脊梁！"

这群人，没有像医生那样置身病毒的包围中，

没有像护士那样面对生与死的诀别。

但他们了解感染者的苦难，

知道感染者求生的急迫。

在他们的眼中，

飞速旋转的机器，

幻化成母亲盼儿归，

女儿望父回。

在他们的眼中，

高效灭菌的产品，

就是隔离病房的"人工肺"，

治愈者的"熊猫血"。

所以，

这群人

视产品如己出、如骨肉，

如战争年代送子上战场，去消灭病魔！

视工作为己任，作奉献，

是他们应尽的义务，无私更无畏！

"疫"中雪

昨夜春雨无声滴，

今晨银装巧粉饰。

窗前玉树水晶裹，

檐下冰凌挂几十。

不闻小儿雪中闹，

唯见车辙伸远处。

更喜弥河静无声，

却待解冻欢声疾。

战　士

抗疫战中三八节，

少却欢乐多悲烈。

纤弱身影定九州，

无菌病室锁新冠。

母慈女爱家国图，

侠骨柔肠志泣血。

党旗麾下诵初心，

六亿巾帼尽豪杰。

华实抗疫记

庚子新春万家团圆，新冠肺炎来势凶险。

人民团结共同防控，华实药业扛起重担。

加班加点加快生产，干部职工冲锋在前。

消杀病毒斩妖降魔，秀霸华实名不虚传。

捐赠尽显诚心爱意，滴水入海共托风帆。

党旗在手党徽在胸，定保百姓身心康健。

**国务院应对新型冠状病毒
肺炎疫情联防联控机制（医疗物资保障组）**

感谢信

山东华实药业有限公司：

　　新冠肺炎疫情发生以来，党中央高度重视，迅速做出决策部署，全国人民团结一心，各条战线紧急动员，众志成城抗击疫情。经过艰苦努力，全国特别是湖北和武汉疫情防控形势出现积极向好变化，取得阶段性重要成果，初步实现了稳定局势、扭转局面的目标。

　　在消杀用品保障供应过程中，你公司识大体、顾大局，组织全体员工加班加点、争分夺秒，不辞辛劳、夜以继日地奋战在医疗物资生产保障一线，自觉服从国务院应对新型冠状病毒肺炎疫情联防联控机制医疗物资保障组的调度安排，积极配合我部做好含氯泡腾片保供工作，充分保障了湖北、北京等地需求。在面对紧急调拨任务时，能够主动加大投入，加快技改扩能，统筹排产和调度，极大缓解了含氯泡腾片短缺压力，为疫情防控作出了突出贡献。

　　在此，谨向你公司表示衷心的感谢！希望你公司再接再厉、善作善成，为争取抗击新冠肺炎疫情全面胜利再创新的佳绩！

国务院应对新型冠状病毒肺炎疫情
联防联控机制医疗物资保障组
2020 年 3 月 21 日

抄送：山东省人民政府.

勿放松

共战三月病毒遁，

严防外输精稳准。

无症感染辨识难，

还需群防别犯晕。

白衣天使

白衣天使敢为先，

巾帼英雄更娇妍。

纵使病房罕见绿，

依然奋力夺春天！

春雨甘露

青春是什么？是逗号，一步一个脚印；是冒号，N步一个台阶；是句号，X步一次成功；是分号……，永无止境。

小　学

初进教室不懂事，惹得老师常生气。

姐姐正是我老师，她点我名我不理。

我的名字姐姐起，怪我贪玩早忘记。

办公室里训一通，才把我的学名知。

姐姐给我一支笔，笔帽能作喇叭吹。

突然一吹吱地响，惹得同学个个喜。

老师命令罚我站，没收我的一支笔。

五年小学瞬间过，悠然已过成记忆。

初 中

升入初中形势好，适逢学习很重要。

教师讲课口舌哑，学生努力气氛高。

全班同学信任我，班级工作我带头。

一带一帮巧安排，宣传舞蹈也不少。

作文日记常交流，英语朗诵更奇妙。

化学物理学得精，语文数学跟着跑。

图画体育不落后，三好学生连年当。

全级学生四百多，稳夺第一不骄傲。

高　中

高中教育谱新篇，

俺校办起专业班。

一班二班农机班，

三班四班畜牧班，

五班学的卫生班，

六班文艺通讯班，

七班八班机电班。

各种本领学得全，

学有所用应夸赞。

就 工

高中毕业工作分，五金厂里来做工。

机修车间第一站，锤头扳手不轻松。

单说钢锯断铁条，十天半月不见功。

后腿蹬来前腿弓，两手端平来回冲。

双腿打颤胳膊肿，汗滴锯条嗞嗞响。

一身油污一身味，心中高兴脚步轻。

领导看我人机灵，机床车间显本领。

埋头苦干有韧劲，先进标兵不用争。

突来消息考大学，惜断工厂不解缘。

大　学

考进大学心喜欢，

立志学习长本领。

初等数学放一边，

高等数学从头翻。

制图电工要钻研，

材料力学不一般。

机械制造专业全，

学术论文一篇篇。

优良成绩离母校，

暗思何时再回返。

同学聚会

骄阳八月热潮翻，不抵同学聚会情。

身姿面容多改变，唯有嗓音似当年。

趣谈往事酒杯端，笑议今日手微颤。

最是无情时光逝，白驹过隙令人憾。

自古江河向东流，水落枯眼自右旋。

吾辈多有鸿鹄志，燕雀之鸣亦醒天。

推杯交盏千杯少，互道珍重月晕圆。

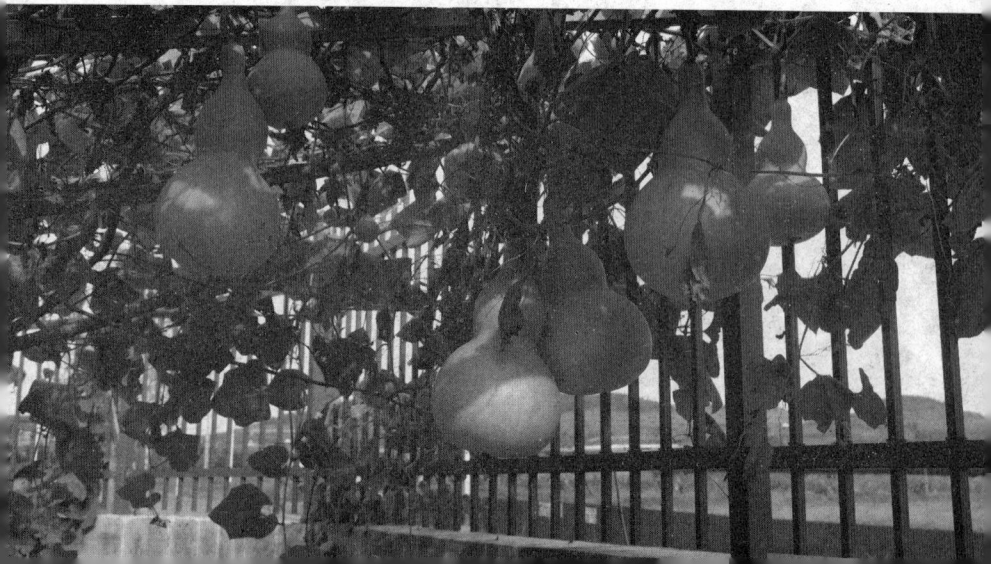

同学再聚

同学重逢喜泪纷，

举杯皆是白发人。

细思风雨行程路，

互叙悲欢念童真。

喜庆桑榆逢盛世，

笑谈子孙最开心。

位卑权贵成一统，

但得再聚情更深。

绿海深波

下海，是二十世纪八十年代的流行词，也是工商业界打破铁饭碗的标志词，如同农村的『小岗村』。但不知谁是第一个下海的人。

行商坐贾

下海先把商业搞，承包门市干经销。

布匹成衣样样有，日用百货少不了。

五金交电品种全，木工机械销得好。

录音磁带喇叭响，音响设备咱领跑。

多方经营范围广，信誉第一业绩高。

木牛流马

经济发展形势好，物资转运需求多。

原有机制成桎梏，打破瓶颈去枷锁。

路宽车多有商机，刻不容缓搞运输。

成立车队刚仨月，车辆增至六辆多。

多拉快跑不误事，少得利润立信托。

车辆在外心担忧，时刻都把安全说。

如此三年瞬间过，个中滋味细细磨。

虽无大把钞票进，但又蹚过一条河。

千条小河汇进海，百种经营驻心窝。

车队替代卖百货，肯定上了一大坡。

汽车诊所

经营车队费用高，安全问题令人恼。

日夜寻思换行业，总觉和车离不了。

租赁土地三亩半，自建厂房搞汽修。

专业人才急急找，外聘老师来指教。

技术人员一大群，学徒工人也不少。

会计采购业务员，打杂伙房警卫佬。

人员多了难管理，制定责任第一条。

联系业务最重要，修车质量也不孬。

外观整形现原样，配色喷漆精细巧。

听声便知故障点，闻味能断油路飘。

病车殃殃勉强来，修好故障昂然跑。

经营几年修理厂，生意红火人称好。

华实药业

（一）

下海漂流整十年，激流暗涌都经过。

尔虞我诈咱不沾，投机取巧永靠边。

忠信诚义立心间，扶贫助弱当在前。

依法纳税是义务，合法经营责任担。

都说船小易调头，找准项目是关键。

时逢天时政策好，更遇地利能贷款。

再找场地建工厂，产出药材是红丹。

自此经营上台阶，扬帆行驶企业船。

华实药业

（二）

工厂初建多难题，千头万绪惹人烦。

若要眉毛胡子抓，错失良机是蛮干。

一把乱麻理头绪，急需解决抓重点。

一是用地面积小，厂房设备安装难。

二是技术人员少，产品配方不周全。

三是销路欠通畅，产品难过客户关。

三员大将分责任，铁路巡警各承担。

开拓市场最为难，舍我其谁唯咱干。

南到临沂北寿光，东下潍坊西泰安。

夏淋暴雨冬揣雪，春沐狂风秋挂霜。

午食晨餐晚野营，徒步代车走胶南。

突闻客户订五斤，雇车送货两百里。

如此诚心通天地，自有销路从此宽。

华实药业

（三）

建设厂房也不易，全因资金难接续。

虽有贷款节省用，开门就有用钱时。

古称一文难倒汉，今日方知钱卡颈。

开弓哪有回头箭，逆水行舟更快意。

精打细算巧安排，轻重缓急费心思。

能花一分省半分，自己能干用自己。

晴天晒干一身汗，阴天自有全身湿。

地槽沟里抡铁镐，搅拌机前露背脊。

钢架铁梁电焊枪，上墙爬屋把砖砌。

若磨其志先劳骨，强筋壮体有韧力。

苦干两月厂房起，又干一月机器立。

鞭炮响时泪眼蒙，怨屈瞬间化豪气。

经营公司三年整，千辛万苦都经历。

管理方法知一二，销售措施划区域。

分级负责搞生产，员工磨合真默契。

精打细算勤核对，量入计出精算计。

辛苦一年算盘响，纳税扣租有结余。

都说逢喜喜而泣，唯有此时心充实。

华实秀霸 ①

（一）

凭借东风政策好，民营企业掀高潮。

雨后春笋拔地蹿，芝麻开花节节高。

经济发展面貌变，旧城改造路拓宽。

应时顺势工厂迁，二零一零落北环。

面积达到一万平，厂房仓库连成片。

二氧化氯消毒剂，主营产品打前站。

秀霸品牌名商标，健康卫士美名传。

出口台港援外埠，内地省市销路全。

春华秋实因果在，冠名华实九州赞。

中央应急储备物资

单位：山东华实药业有限公司
物资：二氧化氯消毒剂

临朐县卫生健康局
二〇二〇年四月

---

① "秀霸"是全国消毒液十大品牌之一。

华实秀霸

（二）

人与自然要和谐，平等共处享资源。

环境保护是国策，分类建设工业园。

山旺整山千余亩，设立创业产业园。

二零一三再出战，挥旗擂鼓号令喊。

审批土地五十亩，所有手续已办全。

今非昔比看华实，大战三月出榜单。

依山势西高东低，总落差一十六米。

欲整平南北差距，需运土两千多方。

挖掘机扬臂劈山，装载机落斗填涧。

基础坑下通岩石，钢梁柱上接山峦。

螺纹钢柔韧挺立，混凝土承重如坚。

呈人字屋架稳固，是平行檩条均摊。

天蓝色屋面映天，浅灰色墙壁辉煌。

打深井一百多米，地下水清冽甘甜。

华实秀霸

（三）

厂房内设备伫立，亮晶晶一尘不染。

压片机飞快旋转，消毒片欢快蹦跳。

包装机稳定节奏，锡箔袋不急不缓。

混料机点头哈腰，肚子里白粉滚翻。

仓库里千吨原料，货栈里百吨成品。

满负荷日产廿吨，高品质众口称赞。

包装车间真宽敞，工作台面几十张。

女工巧手装药袋，叉车铁腕吊药箱。

自东向西流水线，电脑控制精度强。

进料口内片剂多，中途钻入瓶中藏。

粘签压盖打标记，传输带上走倘佯。

一步跌入打包机，左捆右绑入仓房。

华实秀霸

（四）

无人遥控摄像机，拍录全景实壮观。

大小建筑十三座，面积一万多五千。

始建三座大车间，整齐排列在西边。

自北向南依次数，混料压片包装线。

上下平间分两层，生产储物两方便。

消毒设备发生器，设在东北大车间。

紧挨南边小仓库，生产资料还挺全。

厂区规划按要求，办公区域在东边。

宿舍餐厅南北向，二层楼房显秀气。

宿舍空调上下铺，夏季午休免疲倦。

餐厅可供百人餐，饭菜可口人人赞。

座北面南办公楼，东西开阔十二间。

墙面黏挂大理石，窗户三层玻璃板。

进得大厅看正面，白玉墙上镏金字。

追求卓越是目标，不忘初心显干练。

财会企管总经理，质检展厅产学研。

三楼全是经理室，中心枢纽在四楼。

会议活动党支部，执掌运转董事会。

文化信息五楼展，古董字画挂三千。

厂区大门石一尊，高六厚五阔八米。

上书厂名描红字，笔画刻入厂史篇。

华实秀霸

（五）

企业发展多筹谋，销售理当排队首。

打开思路辟奇径，集思广益勿守旧。

产品特性了如胸，研究客户知需求。

耐心敲开千峰山，诚意切断万水流。

口吐莲花说佛降，足迹百里会仙友。

有市无货业绩高，营销策略落实优。

多年心得终一吐，换位思考皆朋友。

自　述

三十七年——不曾歇息，

起早贪黑，克勤克俭，

宵衣旰食，竭尽全力。

月光下，

烧杯依偎在酒精灯瓦蓝的火焰里，

一串串数据微笑着重新排列。

晨曦中，

砝码蹲在天平秤圆圆的托盘里，

一克克叠加看指针居中垂直。

辛辣的气味，

透过口罩和护目镜，

撩拨我的视神经，

穿过我的呼吸道，

带我领略不一般的享受。

一次次失败，

带着数据和沉重感，

走进我的大脑，

沉淀我的思维，

催我组织又一轮奋战。

一个个成果，

满载汗水和荣耀，

融入我的身心，

映入我的眼帘，

把我早年的愿望一次次实现。

我的经验，

使二氧化氯纤毫必现。

我的阅历，

使产业链条无缝衔接。

于是，

公司日益发展，

影响日益扩大，

我迈进了，

全国卫生监督协会、

食品药品质量安全协会、

二氧化氯行业协会的大门。

我参与了，

国家化工行业标准修订、

过硫酸氢钾复合盐标准的补充修改。

于是，

我依托行业协会这片大海，

稳稳潜游，

并折射海的光芒。

我背依消毒管理机构这座大山，

踏实前行，

并展现山的力量。

西安会展

备足资料去西安，

携员同行赴会展。

交友订货合同多，

骊歌催我莫留恋。

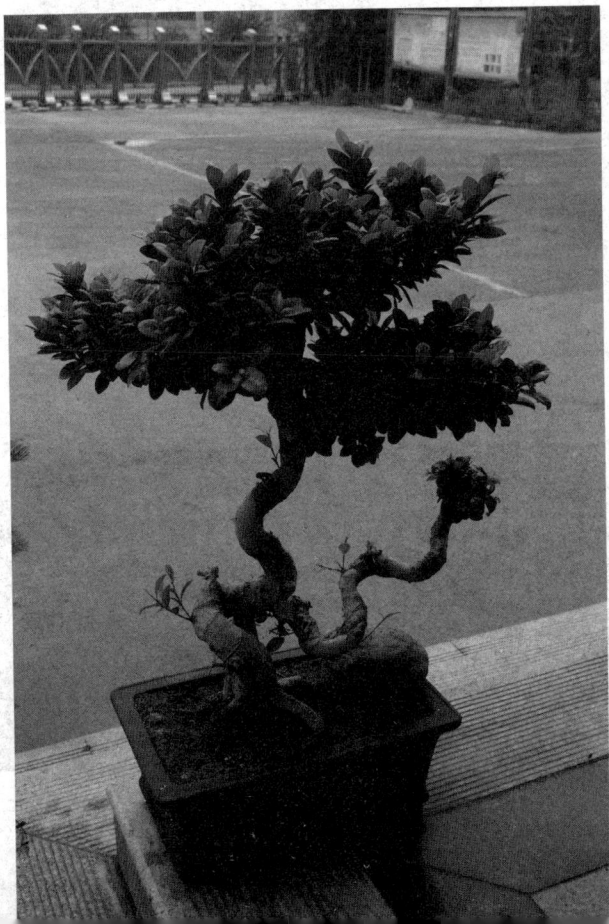

参加国标修订

孟秋七月国标订，

银川机场旌旗迎。

提案件件隐智慧，

条陈句句显真情。

掩耳窃语求异同，

口舌锋利真伪争。

字斟句酌细修订，

宏篇文献今始成。

赞中国卫生监督协会消毒技术与应用专业委员会成立

（一）

飞机喷出的气流，

太缓，

高铁旋转的车轮，

更慢。

可叹，

无人能让我们坐上光的飞船，

瞬间到达目的地。

抚平激动的思绪，

按下狂跳的心房，

因为

今天是一个特殊的日子，

一个载入史册的日子。

我们

面带微笑，

意气风发，

从四面八方

齐聚西安——

庆贺协会的成立，

开启团结协作的舰船。

成立了！

她给予卫生行业美好的希望，

承载老百姓健康的千斤重担。

我们

将在协会的麾下，

众志成城，

攻艰克难，

再创行业的一片蓝天！

赞中国卫生监督协会消毒技术与
应用专业委员会成立

（二）

孟秋映荷祥云升，

业界翘楚聚大兴。

捻笔挥洒驱顽菌，

光屏轻触天宇净。

同寻元素话方程，

共探发展抒豪情。

虎王排阵领头雁，

日升月恒荣光增。

沁国春·献给第二十六届
二氧化氯学术研讨会

钱塘江边，凤凰山下，西湖北畔。聚四方群英，八地才贤。须眉巾帼，花甲弱冠。拱手笑迎，弯腰致谦，相逢何必曾相识。看今日，协会旌旗展，映日参天。

吾辈责任如山，天蓝水绿丞待固守。学术大会，各述灼见。群策群言，共享经验。借他之石，修我主旨，研讨意义自体现。待明日，钱塘江边再聚，又创新篇。

送 朋 友

酷暑已过菊花展，

群主麾下聚西安。

监督协会谢帷幕，

骊歌一曲把家还。

国标修定

红红八月艳阳天，
乘机修标飞银川。
教授专家议方案，
国家标准展新篇。
二氧化氯指标全，
国际接轨最关键。
企业参与做标准，
行业领头冲在前。

西安大会有感

今天，

秋高气爽，

硕果红艳，

高粱弯腰，

谷穗在风中喧闹。

今天，

菊花亮瓣，

柳条婆娑，

铁树开花，

喜鹊一冲飞天叫。

今天，

水杉挺拔，

剑麻翠绿，

银杏结果，

白云缠绕化作彩霞笑。

今天，

是一个特殊的日子，

一个不平凡的日子——

我们面带微笑，

意气风发，

从四面八方

齐聚西安，

共庆中国卫生监督协会隆重成立！

浪淘沙·智慧渔业

三万海岸线，雄伟蜿蜒，形如宝弓出利箭。
孤峰幽谷龙宫残，北冥有鱼。

四百万洋面，生机盎然，一色澄碧水天连。
麾下壮士超十万，智慧渔业。

贺智慧渔业协会成立三周年

昨日百人汇京城，

定章立制自此行。

三载成就已裴然，

帷幄谋划定盘星。

信息洋流同一屏，

智能岛屿融双影。

万里海疆大平台，

闪转腾挪任驰骋。

沁园春·自述

人生百年，悠悠岁月，历尽艰难。提笔叙往事，感慨万千，砥砺前行，未负韶华。花甲之岁，神似而立，感悟灵应胜弱冠。究因乎，累世家训传，承袭遵行。

劳作不辞艰辛，探险何惧高山深涧。非昔日作坊，十万厂房，万吨产品。业内标杆，鲁商风范，把握科技最为先。待来日，任重而道远，更需苦干。

聘书

兹聘请 陈小平 担任山东省公共卫生与消毒感控学会**常务理事**，聘期五年，自2021年8月至2026年7月。

山东省公共卫生与消毒感控学会
2021年8月

创　业

悠悠岁月静静走，
白驹过隙度春秋。
闻鸡起舞守初心，
勤奋苦干闯九州。

会　后

南昌经停等飞机，

坪外多处闪银弧。

同事手足相互帮，

师生恩情如水鱼。

后　记

　　诗稿发出后，心里就沉甸甸的。

　　究其原因有二：一是自己的水平有限，知识面窄、文字粗糙、选材过滥、构思拙劣。有的或许不应称为诗，而只是文字的堆砌和分类。怕关心和支持我的亲朋好友、同仁伙伴们失望，辜负了他们的一片热心。二是不确定年届六十的人，是否有必要费心劳神地去拨弄些文字，扯句凑韵，做些不应做的事呢？扪心自问，我也困惑过，退缩过，但冥冥之中自认为总有那么一点说不出的东西在推动着我，让我下笔写点什么……

　　去年九月，上五年级的孙子在家学习、做作业。听他朗诵："五原春色归来迟，二月垂杨未挂丝。即今河畔冰开日，正是长安花落时。"我心一动，一丝丝说不清的滋味在心里萦绕。子女们在外打拼创业，孙辈们又正是学习长知识的时候，我这个做祖母的，总该给他们留点东西。留什么呢？想年轻时擅长的文字游戏，现在还能做吗？如果他们能在诵读我的诗时得以解乏、在无聊时得以解闷、在失意时得以慰藉、在挫折时获取力量，那将是对我莫大的奖励，我会为此感到幸福、快乐。

由此，我凭借出游时记录的山水景观，凑写了"游走纪行"篇章；在一曲曲耳熟能详、庆贺的歌曲中充盈了"火树银花"篇章；在平日所见所闻里缩写了"沧海一粟"篇章；而"春雨甘露""绿海深波"是我一生走过的路，写来最为顺手；"抗疫之战"只写了表面东西，未挖掘深层次的内容，有些遗憾；"匠心智造"篇章则略述华实苦干实干精神、执着奉献精神、改革创新精神，我有幸成为这个群体中的一员，此生无憾。

我天生不是写诗的人，这已被我走过的路所证实。但既然写了就要拿出来和大家见面，希望大家多批评，多提意见。

感谢所有对本诗集关心、帮助、支持的人们！

陈小平

二零二一年三月二十六日